KB117891

내가 나를 안아줄 수 있을 때

강정무

프롤로그

썸바디2 촬영을 마치며

피로를 챙겨다닌 이 시간의 기록이 어떤 변화를 가져올지 가늠이 되지 않지만 매 순간의 시간은 소소한 재미와 덜 익은 행복이 함께 했다는 생각이 들었다. 새로운 사람들과 일심동체의 피로를 가지고 지낸 시간이 좋은 결과물로 완성된다면 그 어떤 마무리보다 완벽하다고 생각한다. 어찌 되었든 시작은 했고 끝맺음의 퍼즐도 완성되어 간다.

한 달이라는 시간은 기억이 아닌 추억으로 남을 것이며 역시 사람을 좋아하는 나는 새로운 사람들을 얻었다는 사실이 가장 값진 선물이라 믿어 의심치 않는다. 모두가 행복하고 예쁜 모습으로 나와 사람들에게 비친다면 한 달의 시간을 할애한 우리에게 최고의 선물이지 않을까 싶다. 아직 3일의 시간이 남았지만 끝까지 힘내자며 스스로를 다독이고 서로를 격려한다.

평창동에 도착했을 당시 계절은 여름의 끝자락이었고 이제 추석이 코앞이고 가을이 찾아왔다. 10월에는 좀 더 두꺼운 옷을 입고 텔레비전 앞에 앉아있겠지. 아, 저 때는 저랬고 이런 비하인드가 있었다고 이러쿵저러쿵 말하면서 머릿속 기억을 되새김질하며 방송을 보고 있을 나를 생각하니 참 민망하기도 부끄럽기도 하다.

힘들었지만 재미있고 행복한 추억이었고 출연을 선택한 내게 후회가 없는 순간으로 남았으면 좋겠다.

목차

1장
다정함을 찾는 얼굴

2장
제법 고독한 이야기들

3장
제가 할 수 있는 건 아무것도 없었어요

첫 장

사실 엄마에게 전부 말하지 못했다.

지난 주말. 이번 책에 엄마에 관한 이야기가 나오며 가족에 대한 이야기들이 나올 것이라 말했을 뿐, 내 입으로 엄마가 알지 못하는 나의 성장통의 이야기들이 나올 거라고는 전부 말하지 못했다.

출판되기 전 원고를 볼 수 있냐는 엄마의 질문에 절대 안 된다고 말했으며 그런 아들의 대답으로 엄마는 아쉬운 표정을 보였다. 완벽하게 완성된 책의 모습을 보여주고 싶은 마음이 컸기 때문이다.

내 글 속에는 지금의 내가 있기까지 엄마가 볼 수 없게 꼭꼭 숨겨둔 이야기들이 가득하다. 걱정이다. 살면서 나의 성장통을 이야기한 적이 없었기 때문이다.

나의 몰랐던 이야기들을 글을 통해 알게 될 것이란 사실이 겁이 나지만 과거의 아픔들마저 이제 이런 방식으로 풀어낼 수 있는 사람이 되었다는 사실을 알아주었으면 좋겠다.

엄마의 아들이고 동생의 오빠이기 때문에 쑥스럽고 부끄러워서 그랬다고. 그리고 내 성격이 못나서 전하지 못했다고 말하고 싶다. 그러나 지금은 괜찮다고 엄마가 알아주면 좋겠다. 자주 전화 못 해도 내 삶에 엄마가 항상 함께 있다고.

1장

다정함을 찾는 얼굴

신생아처럼 울기만 했지

서울의 공기가 굉장히 낮게 깔린 기분이다. 지인들이 준비한 축하 자리가 며칠 연속으로 이어졌다. 이런 나날에 마시는 와인과 위스키는 분위기를 더욱 촉촉하고 간드러지게 만든다. 비록 내 간이 닳고 닳아 문드러지는 상황이 함께하지만 좋은 날 비싼 술들이 함께하는 것은 언제나 환영이다. 그래야 축하의 분위기가 더욱 뜨거워지기 때문이다.

늦은 시간. 택시의 뒷좌석은 고독하게 느껴졌다. 술에 취해 흔들려 보이는 한강은 오늘따라 더욱 울적하다. 항상 이 도시에 이렇게 큰 강은 축복이야 했었는데 이런 날 바라보는 한강은 우울하다. 즐거운 시간을 보내고 집에 도착하는 시간임에도 왜 그럴까. 참 나란 사람 웃기다. 즐거움 뒤에 우울과 고독이라니.

술에 취해 비틀거리는 사람들을 보며 '나는 술에 취해도 정신 차리고 집에 잘 들어가야지.' 하면서도 술에 먹혀버리는 날에는 결국 비틀거리고 토해내는 것 같다.

"으 그렇게 많이 마신 것도 아닌데 우욱…."

청포도 아이스크림과 초코 아이스크림을 구매했다. 생각해보니 익숙해진 모습이다. 아이스크림을 두 개 이상 산다는 것. 술에 취한 상황에도 누군가를 생각했으니 말이다.

며칠째 쓰러져 자는 상황의 연속이다. 나체로 자는 여름은 행복하다. 에어컨 바람보다 선풍기에 숙면의 책임을 맡긴다.

이제부터 써 내릴 이야기를 위해 어제의 이야기를 길게 늘어놨다. 꿈에서 나는 본 적 없었던 김광석의 노래를 듣고 길거리에서 울어버렸다. 김광석의 <너무 아픈 사랑은 사랑이 아니었음을>을 듣고 울어 버린 나는 꿈에서 깨서도 울음이 멈추지 않았다. 너무 서럽게 울었다. 슬픔이 있던 꿈이 아닌데도 흐느끼고 구슬프게 울었다.

긴 시간이 지나도 눈물이 멈추지 않았다. 잠에서 깨어 엄마에게 전화를 걸었다. 토요일 아침부터 울며 전화하는 아들이 당황스럽지만 이내 걱정스러운 엄마의 모습. 무슨 일 있냐는 질문에 무슨 일 없다고 울고 있는 아들.

엄마는 밝은 목소리로 내게 말했다.

"이제야 아들 같네! 너 내 아들 아닌 거 같았어, 지금까지. 얼른 안산 와. 밥 먹자."

엄마의 말을 듣고 나서 나는 편히 잘 수 있었다. 한 시간 동안 눈물을 흘렸더니 아침인지 저녁인지 분간이 가지 않았다.

천둥과 비가 함께하는 하늘은 탁하다. 하늘에 회색의 물감을 가득 흘린 느낌이다. 빗줄기는 오늘따라 굵다. 지난 장마의 기간 동안 내렸던 빗줄기가 이렇게 굵었나 싶었다. 아침 댓바람부터 울어버린 내 모습과 참 어울리는 하늘이다. 평소 울지 않고 살았더니 용량이 가득 차 눈물을 억지로 배출한 것일까. 슬픈 꿈이 아니었는데 꿈을 핑계로 울고 싶었나. 창문으로 보인 하늘은 오늘의 내 얼굴 같았다. 서럽게 울고 있네.

엄마

항상 곁에 있어 주지 못해 늘 미안한 마음과 아쉬움이 가득합니다. 가끔, 엄마의 한 부분이던 나를 잊고 살아가기도 합니다. 그럼에도 그때의 품을 생각하며 하루하루를 보내고 있습니다.

나를 품기 전, 얼마나 많은 날들을 어떻게 보내셨을지는 잘 모르겠습니다. 그래도 나를 품은 이후의 날들은 행복이 가득했겠죠. 그렇게 믿겠습니다.

오랜만에 엄마를 보는데도 운동 좀 하라고 잔소리를 하고 건강 챙기라는 말뿐인 아들이네요. 왜 항상 퉁명스러운 말투가 나올까. 왜 엄마 앞에서는 짜증이 가득할까. 내 맘은 그런 게 아닌데 나도 잘 모르겠습니다. 밖에서는 어른들에게 참 잘하는데 말입니다. 가장 가까운 엄마에게 그러지 못하는 아들이네요.

예의 바르고 어른들께 참 잘한다고 칭찬 많이 받는데 왜 엄마한테는 그렇게 못 할까, 퉁명스러운 대화를 마칠 때면 항상 후회하며 자책합니다. 그러지 말아야 해. 그러지 말자고 다짐을 했음에도 불구하고 습관적으로 나오는 내 모습이 참 보기 싫을 때가 많습니다.

본래 내 마음은 그런 모양이 아니라는 거 아실까요. 표현이 서투른 아들이라 미안합니다. 자주 찾아뵙지 못하는 나를 이해하는지 오랜만에 마주한 얼굴엔 쓴웃음 가득하고 나를 맞추려는 노력이 왜 내 눈에 더 보이는지, 나는 알면서도 어떻게 감사한 마음을 표현해야 할지 또 어떻게 보답해야 할지 잘 모르겠습니다.

엄마와 일상을 함께 보낼 수 있는 시간이 부족한 아들이 되었습니다. 자주 전화 드리지 못해 죄송한 마음만 가득합니다. 항상 해야지 해야지 하면서 일주일을 빠르게 보내버리는 아들이라 미안합니다.

당신의 울타리에 있던 내가 간혹 삐뚤어질 때면 강하게 잡아주셨잖아요. 항상 따뜻한 품속에 살던 작은 아이는 엄마 앞에서 한없이 작아지네요. 나는 여전히 올챙이 다리 뻗는 시늉만 하는 아이일까요.

내가 어리거나 늙거나 서 있거나 불구가 되거나 눈이 멀거나 심장이 멈추거나 혹은 쓰러져서 아무것도 하지 못할 때도 안길 수 있었던 품에 나를 오래오래 안아주길 바랍니다.

항상 곁에 있어 주지 못하여 늘 미안합니다.

침묵의 식사

부모님은 내가 인왕초등학교 입학을 하는 동시에 이혼을 하셨다. 그 과정을 알 수 없었던 나는 나중에서야 그 날이 이혼의 날인 것을 알게 됐다. 나와 동생 그리고 엄마는 안산으로 내려가는 삼촌의 차에 세 명의 짐을 채우고 홍제동을 떠났다. 여전히 그 날 주황빛이 가득했던 터널을 지나가는 기억이 강렬하게 남아있다. 음소거 된 영화를 보는 그런 장면으로 말이다.

8살의 내가 보았던 그 터널은 어디에 있는 터널일까? 많은 시간이 지난 지금도 터널의 색의 채도와 내부의 벽들이 생생히 머릿속에 살아있다.

어릴 적 기억에도 없던 외할머니와 외할아버지 그리고 두 명의 삼촌들과 새로운 안산의 삶은 시작되었다. 그렇게 나는 엄마 아빠가 이혼을 했다는 사실을 자각했다. 그때 나는 고작 8살이었다. 하지만 이것을 부끄러워하지도 않고 감춰야 하는 나의 부족함도 아니라고 생각했다. 그렇게 4명의 가족은 내 삶에 빠르게 스며들었다.

6년쯤 지나 세브란스 병원 장례식에서 한때 가족이라는 이름의 사람들은 같은 테이블에 앉아 밥을 먹기 시작했다. 우리는 대화 없이 육개장을 먹고 있었고 엄마는 한마디의 말도 없었으며 오직 아빠와 나만의 대화가 이어지고 있었다. 하지만 그마저도 국물을 들이켜는 소리, 반찬을 씹는 소리, 어디서 들려오는 울음과 통곡에 묵살 당했고 집에 돌아가는 그 시간까지 우리는 대화를 하지 않았다. 그 시간의 어색함이 무의식적으로 싫었었나 보다.

이날부터였을까, 나는 침묵을 좋아하지 않는 사람이 되었다. 지금도 여전히 침묵의 시간을 싫어한다. 하지만 장례식에서의 그 시간을 싫어했던 것은 아니다. 그때도 그리고 10년이 지난 지금도 그 침묵을 이해한다. 그런 시간 속에서 나는 엄마를 조금 더 이해하기 시작했다.

나의 인숙 씨

8살 때 삶의 기둥은 인숙씨로 시작되었다. 나의 생활에는 엄마보다 인숙씨가 더 가득했다. 내 친구들 삶에도 인숙씨가 가득하게 묻어있었다. 학교가 끝나면 친구들은 우리 집으로 모였고 초등학교 때부터 중학교까지 우리는 인숙씨의 맛있는 음식을 먹으며 무럭무럭 자랐다.

지금은 나보다 작고 여린 사람으로 매일 더 작아지는 나의 인숙씨. 나의 할머니 그리고 내 친구들의 할머니 사랑하는 나의 인숙씨. 어린 정무보다 큰 존재였던 인숙씨는 시간이 지나며 점점 작아졌다. 인숙씨는 당뇨로 인해 인슐린 주사와 같이 살았다. 인숙씨는 연속극을 좋아했다. 인숙씨는 항상 바닥에서 잠을 잤다.

독서실에서 늦게 귀가하는 무서운 날이면 나는 인숙씨 옆에서 자곤 했다. 엄마의 옆보다 인숙씨의 옆이 더 편하고 좋았다. 나의 인숙씨는 미슐랭 스타 부럽지 않은 요리사다. 나는 어린 시절, 인숙씨의 음식을 먹고 자랄 수 있어서 감사했다.

어른들이 나이가 들어 점점 쇠약해진다는 사실을 받아들일 준비도, 받을 생각도 없었던 나는 인숙씨의 건강이 항상 좋을 줄만 알았다. 세월은 야속하다고 하던가. 나의 할머니 나의 인숙씨는 내가 청년의 정무가 되면서 점점 아픈 몸과 함께 살기 시작했다.

2018년 3월쯤 인숙씨가 입원을 하셨다는 이야기를 듣고 너무 걱정했다. 그 어떤 휴가 때보다 빠르게 나가고 싶었다. 휴가를 나가 만난 인숙씨는 병실에 누워있었다. 인숙씨는 분명히 괜찮아 보였다. 그렇게 다시 휴가에 나왔을 때 인숙씨 주변에는 큰 의료장비들 있었고 인숙씨의 코에는 산소 호흡기가 달려 있었다. 드라마나 영화에서 보던 장비들이 인숙씨 곁에 있어 나는 덜컥 겁이 났고 그 앞에서 펑펑 울었다. 동생도 엄마도 할아버지도 울지 않는데 왜 나 혼자 펑펑 울었을까. 화장실에 가서 세수를 하고 다시 병실로 향했다. 웃고 있는 인숙씨를 보고 또 눈물이 나 다시 펑펑 울었다. 왜 우냐며 "할머니 괜찮아." 라고 말하는 엄마의 말을 들으면서도 계속 울었다.

인숙씨와 가족들에게 빨리 부대에 복귀해야 한다며 재빨리 자리를 떠났다. 1분이라도 더 있었다간 내 눈물을 다 쏟아 버릴 기분이었기 때문이다.

그날 많은 생각을 했다. 내가 알고 있던 건강한 할머니는, 나의 인숙씨는 이제 늙은 노인이구나. 상상하지 않았던 현실을 마주할 용기와 마음 다짐이 필요할까. 너무나 어려운 생각들이 쏟아져 나왔다. 병원에서 퇴원한 할머니는 요양원에서 1년 동안 열심히 재활을 하셨다. 요양원에 찾아가는 날이면 나는 물었다. "여기 편하고 좋지?" 인숙씨는 "좋겠냐." 라고 내게 말했고 가끔은 내 질문에 웃음이 섞인 짜증도 냈다. 그런 모습에서 상태가 좋다는 사실을 알 수 있어 다행이었고 안심할 수 있었다.

전역 날, 전역모를 쓰고 요양원으로 달려갔다. 여전히 할머니는 요양원에 있었다. 고생했다고 얼른 집에 들어가 쉬라고 말씀하셨다. 하지만 할머니도 같이 갔으면 좋겠다는 마음이 가득했고 언제쯤 집에 갈 수 있냐고 물었지만 "몰라" 라는 말만 들을 수밖에 없었다. 다행히 비슷한 시기에 할머니는 집으로 돌아왔고 요양원보다 편한 집에서 인숙씨를 반기는 가족들과 함께 할 수 있다. 인숙씨의 얼굴은 전보다 좋아보였다. 이제는 혼자서도 걸어 다닐 수 있을 정도로 건강하시다. 비록 지팡이를 잡아야 하지만.

인숙씨는 작아지고 더 귀여워지셨다. 피부도 더 좋아지셨고 소녀의 모습이 보인다. 사람은 나이를 먹어갈수록 아이가 되어 간다는 말이 생각났다. 이런 시간을 보내며 나는 사람들을 만날 때 종종 할머니 이야기를 했다. 언젠가 찾아올 시간을 걱정하면서.

"이제는 마음의 준비를 어느 정도 하고 있어야 할 것 같은 기분이 들어요."

"오래 건강하게 만수무강하셨으면 좋겠지만 걱정입니다."

상상하기도 싫지만 나도 모르게 마음의 준비를 하고 있는 나를 보았다. 덜 상처받고 덜 무너지기 위해서 점점 작아지는 할머니를 보며 마음 한 켠에 준비를 하기 시작한 것이다. 대화의 마무리는 나의 인숙씨가 건강히 오래오래 살아 손주의 결혼식도 보셨으면 좋겠다. 로 항상 끝이 났다.

인숙씨에게 말했다.

"할머니 손주 결혼할 때까지 오래오래 만수무강해야 해. 손주의 아들도 보고 알았지?"

그러자 인숙씨는 내게 말했다.

"임신했어?"

맙소사.

“할머니 나 여자 친구도 없어….”

필터링 없는 할머니다.

집으로 돌아온 지 긴 시간이 지났다. 할머니는 요양원의 모습보다 더 행복해 보였고 더 건강해지셨다. 시계는 빠르게 돌아 설날이 되었다. 가족들이 모여 2020년 소망을 이야기했다.

할머니 차례였다. 본인 차례가 되자 눈물을 흘리면서 고맙고 또 고맙다며 연신 고맙다는 말을 우리에게 전했다. 그런 할머니의 모습을 보며 지금 내 옆에 있음에 감사했다.

할머니의 아들들과 딸 그리고 아들의 아내와 그들의 아들딸. 마지막으로 여전히 티격태격하지만 인숙씨의 남편까지. 나의 인숙씨 옆에는 여전히 사랑을 받을 수 있는 또 사랑을 줄 수 있는 사람들이 있었다. 고마운 나의 할머니 그리고 나의 인숙씨.

2020년도 건강하며 가족들의 사랑을 무한으로 받아 만수무강하셨으면 좋겠다.

곰탕

할머니가 차려준 밥을 못 먹은 지 벌써 몇 년이 지났다. 어려서부터 할머니의 요리를 먹고 자란 나는 독립을 하고 나서도 항상 할머니의 요리가 그리웠다. 성인이 되어 밖에서 끼니를 때우기 일쑤였고 어쩌다 본가에 들려 할머니가 차려준 요리를 먹는 날은 밥 세 그릇은 거뜬하게 해치우고는 했다. 평상시에 두 그릇 먹었다면 집에서는 세 그릇을 먹었다.

할머니는 내 인생 최고의 요리사다. 어떤 음식을 먹어도 할머니의 음식 맛을 느껴본 적이 없기 때문이다. 어린 정무가 어른이 되며 집 밥보다 사 먹는 음식이 대부분이 되었을 때 할머니는 요리를 할 수 없는 몸이 되었다. 이렇듯 시간은 할머니가 차려준 밥

상을 먹을 수 없게 만들었다. 시간은 우리에게 기대감을 주면서도 아쉬운 감정을 만든다. 그래서 이 시간이 가혹하게 느껴졌다.

할머니의 음식을 다시 먹을 수 있다면 어떤 값을 내서라도 먹고 싶다. 밥을 한가득 담아 세 그릇으로 말이다. 아마도 눈물 젖은 밥을 먹겠지. 그럼에도 우걱우걱 다 먹을 거다.

나는 할머니의 곰탕이 그립다. 푹푹 끓이고 우려낸 사골 곰탕. 할머니는 내게 고기를 더 많이 주셨고 곰탕을 해주시는 날이면 김치와 깍두기를 더 많이 챙겨주셨다. 송송 썬 파와 소금 그리고 고춧가루를 뿌리며 가족들과 함께 먹던 할머니의 곰탕이 너무 그립다.

"아, 다시 곰탕 한 그릇이라도 먹을 수 있다면 얼마나 좋을까."

몇 년 전 곰탕이라는 소설을 읽고 나서 독후감에 그런 말을 적어 놓았다.

'우리 할머니가 해준 곰탕이 그렇게 맛있는데 이제는 먹을 수 없네.'

이럴 줄 알았으면 곰탕을 더 많이 먹어둘걸. 그때 배가 불러 터져도 한 그릇을 더 먹을 걸 그랬다. 밖에서 곰탕을 먹는 날은 할머니의 곰탕이 더 그립다. 진짜 진짜 그립다. 할머니와 함께 했던 모든 과거와 그 따듯한 곰탕 한 그릇이.

시간이 지나도
유일하게 변하지 않을 것 같은
그런 것들

고향인 안산에 다녀왔다. 가족들 그리고 뚜비 뚜둥이 어린 정무의 흔적들이 묻어있는 장소. 나의 소중한 친구들이 있는 도시.

2012년부터 서울에서 살았으니 오랜 시간을 떠나있었다. 이제는 매일 붙어 다녔던 친구들을 자주 볼 수 없지만 오랜만에 봐도 어제 본 느낌 그대로 존재하는 친구들이 나에겐 9명이나 있다. 9명의 개성은 너무 뚜렷하고 가지각색이다. 기름과 물 같은 성격들이 잘 어우러진다는 사실이 참 신기하다. 양보와 배려가 있기 때문에 오랜 시간을 함께할 수 있다고 생각한다.

이 친구들과의 시간은 항상 즐겁고 우리는 즐겁기 위해 만나는 사람들 같다. 슬픔도 함께 슬퍼하며 서로가 의지했던 시간 속에서 항상 즐거움이라는 단어가 함께했다. 서로를 응원하고 칭찬하며 때로는 가혹하게 충고와 비난을 한다. 해외에 있는 친구들도 있고 타지에 있는 친구들도 있어 10명이 다 함께 만난 지 오랜 시간이 지났지만 만날 수 있는 사람들끼리 만나며 우리는 어느 누구의 공백을 느낄 수 없을 정도로 대화 속에서 만나지 못한 친구들을 얘기한다. 그래서 어떤 한 명도 낙오자의 느낌이 없고 옆에 없어도 함께하는 기분이 든다.

오늘은 취하고 싶었다. 친구들이 너무 보고 싶었기 때문이다. 한 명씩 돌아가면서 근황을 이야기했다. 이제는 장난만 가득했던 어린아이들이 아니라는 사실을 알았고 그렇게 우리는 같은 시간 속에서 어른이 되어가고 있었다.

내 글을 읽고 있는 친구들이며 나의 모든 것을 알고 있는 친구들에게 내 글이 세상에 나오게 된다면 어떨지 질문을 했다. 친구들은 내 글의 장단점을 이야기하며 좋은 기회가 있다면 세상 밖으로 나왔으면 좋겠다고 이야기했다.

"부족한 글 자체가 '너' 이기 때문에 겁먹지 마. 그 글은 '너' 이기 때문에 너를 좋아하는 사람들은 부족해도 좋아할 거야."

참 고맙다.

이들은 내가 듣고 싶은 말이 뭔지 알고 있는 친구들이다. 항상 그런 말을 해주는 친구들은 아니지만, 술이 들어간 오늘만큼은 친구들에게 듣고 싶은 이야기를 들었다. 행복했다. 오랜만에 코가 삐뚤어지고 혀가 꼬이며 걷지 못할 정도로 취했다. 다음날 변기를 잡고 전날 밤 과음을 후회했다. 서울에 올라가는 전철에서 두 번이나 내려 화장실을 찾았다. 변기를 잡을 때마다 눈물이 났고 속이 울렁거렸고 시간은 느리게 지나갔다. 30분이 지난 느낌이 들었지만 세 정거장 밖에 가지 못했다. 즐겁고 행복한 시간을 얻은 대가로 나는 하루 종일 숙취에 깨어나지 못해 서울을 올라오는 동안 고통스러웠고 아무것도 먹지 못했다. 이렇게 숙취에 찌들어 힘든 하루를 보냈지만 전날 친구들과의 시간을 생각하니 남은 5월도 무사히 마칠 수 있겠다는 기분이 들었다.

행복한 순간의 대가로 오늘 하루를 고통스럽게 보내는 거라고 생각해야겠다. 친구들과의 행복을 위해서라면 이 정도 고통은 충분히 견딜 수 있겠다는 생각이 들었고 우리가 왠지 더 자란 큰아이처럼 느껴졌다.

'좀 더 덥고 상록수역이 더 푸를 때 다시 만나겠구나.'

울렁거리는 속을 부여잡으며 나는 행복함을 느꼈다.

나의 강력한 기둥

세상에 존경하는 사람이 네 명 있다. 그중 무서운 존재 내게 삼촌이라 불리는 사람 뿜어지는 포스가 무서워 친구들 사이에 포스라는 별명이 붙은 남자 늦은 나이에 결혼해 귀여운 두 아들 딸이 있는 남자. 결혼으로 순박해진 남자 하지만 여전히 성격 있는 남자. 내가 존경하는 사람 내게 기둥 같은 존재.

이름 정기형

서울에서 안산으로 내려오며 새로운 가족들이 생겼다. 외할머니 외할아버지 삼촌들 이들의 삶에 나와 동생 그리고 엄마가 어느 순간 비집고 들어왔다고 할 수 있겠다.

내 삶에 큰삼촌의 무게는 상당했다. 나의 잘못을 꾸짖거나 혼내기도 했으며 나의 문제와 사춘기까지 모든 삶에 바른 선택을 할 수 있게 한 사람이다.

삶에 만약은 없지만 정말 만약에 삼촌이 없었다면 지금의 내가 될 수 있었을까 라는 생각이 든다. 그 정도로 내 성장기에 큰 영향을 미친 사람이기 때문이다. 생각해보면 청소년기에 혼나야 할 상황에서 삼촌은 나를 꾸짖지 않았다. 밤늦게 들어오거나 학교를 땡땡이치거나 시험을 망치거나 친구와 싸울 때도 그냥 무서운 눈으로 한 번 보고 말았을 뿐이다. 할머니에게 삼촌의 어린 시절을 들어봤을 때 나보다 더 막무가내 싸움꾼에다 사고를 그렇게 치고 다녔다는 할머니의 말씀. (본인도 그랬기 때문에 나를 혼낼 수 없었다고 생각한다. 내 결론)

그렇게 삼촌은 엄마의 수고를 조금 덜어주셨다. 감사하고 자랑스럽다. 부족함 없이 살 수 있게 만들어 준 덕분에 아마도 내가 자존감이라는 단어를 신경 쓰지 않으며 살 수 있게 된 게 아닐까 싶다.

이런 일들도 있었다. 내 방은 거실 소파 자리 뒤에 있었다. 주말 오후 친구들과 침대에서 레슬링을 하고 놀았는데 삼촌이 시끄럽다고 하지 말라 했지만 계속하다 결국 불려 나간 우리는 거실에서 다 같이 엎드려뻗쳐를 했었다. 또 운 없는 친구 놈이 때마침 우리 집 벨을 눌렀고 친구는 들어오자마자 엎드려 있는 친구들을 보고 당황을 했다. 삼촌은 "너도 애들 친구지?" 하며 물었는데 친구는 당연히 "네" 라고 대답했고 그 친구도 같이 엎드렸다.

친구들과 다 같이 우리 집 거실에 누워 예능 프로그램을 보기도 했으며 피자와 치킨 또 라면을 다 같이 먹고 짜장면과 짬뽕 탕수육을 시켜 옹기종기 먹기도 했다. 나와 친구들의 학창 시절 한 부분은 우리 가족과 함께한 추억이 상당히 쌓여있다. 친구들은 그런 큰삼촌을 멋있어하고 때로는 부러워하기도 했다.

시간이 지나 어른이 되어 친구들은 삼촌이 존경스럽다고 이야기했다. 나는 알고 있다. 큰삼촌의 성질이 더러웠다는 사실을. 물론, 결혼 후에 좋아졌지만 내가 본 과거의 삼촌은 그랬다. 같이 살면서 그 성질 속에 깨달은 건 삼촌이 나쁜 사람은 절대 아니라는 사실이고 내게 절대적으로 필요한 사람이라는 사실인 것이다.

이야기가 하나 더 있다. 동생이 중학교 때 가출을 했는데 가출 첫날밤에 집에 들어오고 싶은데 큰삼촌 때문에 무서워서 집을 못 들어오겠다고 전화를 했다. 단 한 번도 집을 나가고 싶은 생각이 없었던 나는 동생이 너무 웃겼다.

그냥 들어오라고 이야기했는데 삼촌한테 혼날까 봐 무서워서 못 들어오겠다고 했다. 엄마가 무서워야 하는 거 아닌가 라는 생각을 했지만, 엄마는 강소정이 너무 웃기다며 늦은 밤 집으로 동생을 끌고 왔다. 집에서는 어떤 일도 일어나지 않았다. 아무튼 그 정도의 무서움을 가지고 있는 그런 삼촌이다.

삼촌은 아는 게 많았다.(할머니 말씀으로는 공부를 그렇게 썩….) 본인은 학창시절에 그렇게 공부를 잘했다고 했다. 믿을 수 없지만 분명 풍부한 지식을 가지고 있는 사람이다. TV를 보거나 책을 읽다 이런저런 사회적&세계적인 문제에 대해서도 많은 이야기를 했다. 참 배울 점이 많은 사람이다.

낭비를 굉장히 싫어했던 삼촌. 세수하면서 물을 틀어두고 세수하면 화장실까지 와서 뭐하냐고 잔소리하던 삼촌. 휴지를 낭비하지 말라던 삼촌. (똥 싸고 세 장 만 쓰라고 했던 기억이 있다. 내 똥은 세 장으로 부족한데.) 짐을 쌀 때 누가 테이프를 이렇게 많이 쓰냐던 삼촌. 밥 남기지 말라던 삼촌. 다행히 항상 고기반찬이 있었기 때문에 반찬 투정으로 혼나진 않았다. (사실 반찬 투정은 하지 않으니 혼난 적 없지만)엄마가 준 용돈이 다 떨어져서 삼촌한테 조용히 가서 용돈… 하면 돈 맡겨났느냐며 용돈을 챙겨주던 삼촌. 교회를 빠지면 가장 크게 혼내던 삼촌.

어느덧 오십 초반의 가장이 되어 토끼 같은 두 아들딸을 키우는 삼촌. 외숙모의 남편이며 많은 직원을 이끌어 나가는 회사의 대표 그리고 내가 갚아야 할 부분이 상당히 많은 사람. 내가 존경하는 사람. 우리 집 기둥 정기형님 감사합니다.

이렇게 잘 키워주셔서.

나만의 방법

이렇게 저렇게 내 주변을 돌아볼 때 곁에 있는 사람들 덕분에 행복한 사람이라는 사실이 감사하다.

소중한 사람일수록 바라는 마음 없이 더 잘해야겠다. 그저 보통의 타인이 아닌 나의 소중한 사람들에게는 거짓 없는 순수한 마음 그대로 나를 보여줘야겠다. 이 선택은 나만의 방법이다.

관계의 행복을 위함. 살아오면서 터득한 나의 방법

거짓 없는 순수한 마음 그대로의 모습을 보이기

자기소개서

검은색 양말을 싫어했지만, 언제부터일까 검은색 양말만 신기 시작했다. 이걸 왜 마시는 거야 하며 싫어하던 밀크티를 즐겨 마시기 시작했고 카페에서 달콤한 음료만 주문하던 내가 이제는 하루에 커피를 한 잔 이상 마시는 사람이 되었으며 깔끔한 스타일이 좋다고 말하던 내가 다양한 색의 옷을 입기 시작했고 그렇게 조던을 외치던 내가 편한 신발을 찾기 시작했다.

영상 전시는 멀리하던 내가 영상 전시의 특별한 매력을 알았으며 "주변 사람들을 모두 챙겨야 해!" 라고 생각했던 마음은 단 몇 명의 사람만 챙겨도 살 수 있다고 변했다.

아이돌 음악은 무조건 싫다고 하던 내가 몇몇의 음악을 듣기 시작했고 걱정만 가득했던 머릿속을 이제는 조금씩 비워내며 살아간다. 나를 불편하게 하는 사람 앞에서 싫은 감정을 숨길 수 있게 되었고 조금씩 현실과 타협을 하기 시작했으며 갈팡질팡하던 긴 생각의 잡음들을 속에서 쉽게 선택을 할 수 있게 되었다. 선택을 쉽게 할 수 있는 내 모습은 "이제는 정말 다행이야." 라고 말할 수 있다.

생각만 하고 상상하던 것들은 실제로 경험을 해야 행복할 수 있다는 것을 경험의 소중함을 통해 알게 되었다. 그래서 앞으로 하고 싶은 것을 다하고 살겠다고 이야기한다.

앞서 말한 것처럼 싫어하던 것들이 좋아지기 시작했고 좋아하던 것들이 싫어지기도 했다. 삶의 정답은 없지만, 지금까지 나는 계속해서 변화하고 있다. 그래서 앞으로 계속 변화하는 사람이 될 것이라 생각한다.

어쩌겠나, 그 모습이 내 모습인데.

이런 내 모습을 사랑할 수 있어 다행이다.

울지 말아요 선생님

"오늘은 맥주 한잔 하자."

술을 못하시는 당신이 내가 좋아하는 맥주를 함께 해주시고 무슨 일이지 생각했습니다. 평소와 같은 표정과 말투로 이 시간을 편안하게 만들어준 당신이 눈물을 보이셨을 때 제가 할 수 있는 건 아무것도 없었습니다.

그런 제자라서 너무 죄송하기만 했습니다. 항상 강한 모습으로 나를 가르치셨던 존경하고 사랑하는 당신을 보며 저는 그저 몇 마디 위로의 말을 전할 뿐, 아무것도 아닌 존재가 된 기분이 들어 너무 죄송했습니다.

"괜찮아질 거예요. 울지 마세요."

당신의 고통을 동감할 수 없지만, 나의 어떤 행동으로 선생님의 현실에 변화를 줄 수 없지만, 어린 제자는 해줄 수 있었습니다. 옆에서 이야기를 들어주고 기댈 수 있는 제자가 될 수 있다는 사실을요.

기억하시나요. 입시가 너무 힘들었던 나의 상황을 모르시던 담임선생님의 꾸지람에 아침부터 점심까지 교실에서 멈추지 않는 눈물을 가득 안고 펑펑 울었던 어린 제자의 모습을. 결국 점심시간에 조퇴를 하고 같이 학교를 빠져나가는 언덕에서 엉엉 울었냐며 약 올리시던 선생님 앞에서 다시 펑펑 울었던 어린 제자 기억하시죠. 그때 그러셨잖아요. 많이 힘들었냐고. 많이 힘들었어요. 감당할 수 없는 제 몸은 버틸 수 없었거든요. 하지만 선생님과 함께라면 이 악물고 버틸 수 있다고 생각했어요.

몇 년의 시간이 지난 오늘. 저는 위로의 말 몇 마디를 전할 수 있었어요. 이야기를 귀 기울여 들을 수 있고, 울다 웃을 수 있는 농담을 던질 수 있어요. 그리고 이렇게 옆에 있을 수 있습니다.어린 제자가 작은 힘이 될 수 있어요. 저는 잘 성장한 거 같아요.

그러니까 울지 말아요. 선생님.

평생의 생각을 담은 편지

꽤 오랜 시간이 지났습니다. 우리가 마지막으로 마주했던 시간은 제가 베를린행 비행기를 타기 전입니다. 2018년 겨울이네요. 그 겨울은 잘 보내셨나요. 지금은 시간이 많이 지나 2020년 여름입니다. 올여름에 뵐지 모르겠지만 많이 덥다고 합니다. 더위 조심하세요.

최근에 통화를 통해 안부 인사를 주고받았죠. 자주 연락하라는 말씀에 아차 싶었지만 "서로 바쁘잖아요."라고 말했습니다. 또 금방 찾아뵙겠다는 말을 했지요. 이제 우리에게 만남은 큰 여유를 만들어야 가능한 것이 된 기분입니다. 긴 시간 각자의 삶을 치열히 살아왔으니까요.

제 마음을 아실까요. 아니면 저와 같을까요? 이런 기분, 이런 마음이 참 어렵습니다. 당신은 여전히 제 마음 깊은 곳에 작은 자리를 차지하고 있으십니다. 더 작거나 더 큰 자리로 이동하지 않은 채 말이죠. 그리고 앞으로도 제 삶 속에서 계속 자리를 잡고 있을 것 같습니다. (아주 오래전 이런 꿈을 꾼 적 있습니다. 그 자리에 있는 당신을 만난 꿈 말이죠.) 당신은 제 삶 속에 이 정도의 마음으로 자리 잡으셨습니다. 하지만 매일 꺼내어 살 시간이 없습니다. 서운해 하실 수 있습니다. 실망스럽기도 하겠지요. 그러나 제가 당신을 이해했듯이 당신도 저를 이해해주셨으면 좋겠습니다. 제가 아직 어린아이 같을까요. 그 아이는 청소년기를 보냈고 어른이 되었습니다. 저도 이제 어른이네요. 그러니 이해해주셨으면 감사하겠습니다. 제게 하지 못한 말들도 가득하겠죠. 제가 모르는 이야기들이 있을 테니까요.

만약 이 글을 읽게 된다면 이 글의 주인공이 당신이라는 사실을 알까요. 알아주었으면 좋겠습니다. 나는 당신을 미워하지 않습니다.

책이 완성되면 직접 들고 찾아뵙겠습니다. 아마 그때쯤 뵙겠네요.

올여름 더위 조심하세요.

곧 찾아뵙겠습니다.

아쉬움의 오늘

다시 오지 않을 올해의 오늘이 끝났습니다. 어떤 하루는 참 아쉽네요. 한 해의 마지막을 만나기까지 얼마나 많은 날들을 보냈습니까. 오늘은 마지막이라 특별한 날이죠. 그리고 내일은 새해의 첫날이라 또 특별한 날입니다. 특별한 날의 연속입니다. 우리는 특별한 날에 살아있네요. 다행입니다.

내일도, 그다음 내일도 지나간다고 합니다. 혹시 곁에 머물러 주실 수 있습니까. 곁에 머물러 주십시오. 우리는 우리에게 있습니다. 함께이기 때문에 우리는 우리에게 있다고 말하고 싶습니다.

겨울.

아침이 굉장히 얼어있습니다. 긴 밤은 빙하 같습니다. 우리는 차갑고 얼어붙은 지구에 살고 있어요. 하루빨리 얼어붙은 공기가 따뜻해지길 기도하겠습니다. 봄이 오면 내가 좋아하는 냉이나물을 한가득 먹고 수양벚꽃을 보고 가장 사랑하는 통영에 계절을 맞이하러 갈 예정입니다. 통영에 실컷 취하고 다음날 도다리 쑥국으로 해장을 하고 싶습니다.

그 시간이 오기까지 제 곁에 머물러 주세요. 곁에 머물러 주십시오.

조언을 구하기만 하지마

문제의 해답을 찾기 위해 많은 사람들에게 질문을 했고 답을 구걸했다. 수많은 사람들의 조언이 필요했고 내가 찾는 답과 그들의 대답을 끼워 맞추기 위해 입맛대로 사람들에게 기대고는 했다. 그들의 조언은 내게 감사함으로 가득 남았다. 하지만 내가 그들에게 얻은 대답들은 결국, 정답 앞에서는 존재하지 않는 조언들이 되어버렸다. 이유는 문제의 답을 결국 스스로 판단하고 해답을 찾았기 때문이다. 하지만 그들이 내게 보태준 시간은 항상 감사히 생각하고 있다.

그 시간을 겪으며 깨달은 것은 사람에게 너무 기대서 조언을 구하기만 한다면 내가 점점 작아진다는 것이다.

건투를 빕니다

그렇게 할 수 없어.

그렇게 전할 수 없어.

그렇게 말 하고 싶지 않아.

예를 들어 "괜찮아 잘 될 거야." "넌 할 수 있어." "다 좋아질 거야." 이런 달콤하고 긍정적인 문장을 찾는 이들이 있다면 저는 할 수 없다고 말할게요.

위로의 말들은 순간의 위로가 될 수 있을 거라 생각합니다. 저 역시 그랬으니까요. 그런 글들을 찾아 책을 우걱우걱 먹었던 시간이 있었습니다. 위로받고 싶어서 위로의 글들을 찾았고 실제로 작은 위로를 받았습니다. 하지만 그 시간은 잠시나마 위로가 되었을 뿐입니다.

긴 시간 동안 많은 글을 쓰며 많은 생각을 하게 되었습니다. 내가 작성한 위로의 글은 누군가에게 위로가 될 수 없겠다는 생각 말이죠. 읽는 이들에게 "걱정하지 마. 괜찮아. 결국에 다 좋아질 거야. 다 괜찮아질 거야." 이야기했을 때 읽는 이들은 정말 괜찮아지는 걸까요. 그들의 삶이 끝나는 순간에서도 다 괜찮아지고 좋아졌을까요. "그래 나도 그랬었지, 나도 그랬고 앞으로 괜찮아지겠지." 라고 했던 달콤한 위로의 글들은 지금에 와서야 아무 소용이 없다는 사실을 깨달았습니다. 오롯이 순간만을 위로했던 글들이었기 때문입니다.

맞아요, 위로받고 싶어서 위로받는 글들을 수없이 찾아다녔습니다. 하지만 웃긴 게 뭔지 아세요? 위로를 받았던 아픔은 여전히 끝내지 못한 아픔으로 남아있습니다. 여전히 아물지 않고 곪아있는 아픔이 제게 가득합니다. 타인을 통한 아픔이 가득합니다. 스스로의 시간과 좋은 사람들과 보낸 시간 그리고 다른 행복을 배달해준 여러 시간들이 아픔이 아물 수 있도록 도와주었습니다. 하지만 여전히 위로받아야 했던 상처들은 흉으로 남아있습니다. 위로의 책임을 떠밀었던 위로의 글들은 순간의 위로와 기분 전환뿐이었습니다.

여전히 흉으로 남아있고 여전히 아픔으로 남아있습니다. 웃기죠. 저는 이제야 이유를 알았습니다. 죽어야 끝나는 기억이 있기 때문입니다.

이건 어디까지나 제 생각입니다. 위로를 갈구하지 마세요. 고통을 피하지 마세요. 아픔을 피하지 말고 상처를 쓰라려하지 마세요. 이 모든 것은 우리의 삶이 끝나야 끝나니까요. 이런 게 현실이고 이런 게 우리의 삶이라는 것을 회피하지 않았으면 좋겠습니다.

좋은 말 못 전합니다. 그래도 하나는 말할 수 있을 것 같아요. 우리 다 아픔을 안고 살아가잖아요. 그러니 건투를 빕니다.

모든 사람과 잘 지낼 수 없다

어려서부터 사람을 좋아했다. 주위에 친구들이 많았고 많은 사람들이 나를 좋아해 주었다. 간혹 나를 싫어하는 사람들도 있었지만 이유는 묻지 않았다. 그들의 마음이 그렇다는데 나는 어찌할 도리가 없다.

다양한 사람들과 우호적인 관계를 유지할 수 있는 기본적인 능력이 내게 바탕이 되어있다. 이런 나를 좋아했다. 하지만 이 능력은 끝없는 관계의 갈증을 느끼게 했다.

나를 싫어하는 사람들에게 친절을 베풀었지만 더 이상 그들에게 친절을 베풀지 않는 사람이 되었다. 이 점은 참 스스로 아쉬운 부분이다. 그러나 나를 싫어하는 사람들에게 친절을 베풀 시간에 나를 사랑하는 사람들에게 더 잘하고 베푸는 게 정답이라는 생각이 들었다. 나를 좋아해 주는 사람들을 만나며 행복한 순간을 만들기에도 시간이 부족한 삶이기 때문이다. 시간은 참 여러 방면으로 사람을 아쉽게 만들며 진절머리나게 만드는 같다.

웃기지만 우린 그 시간 속에 살고 있다. 나를 불편하게 하는 사람들을 굳이 만날 필요가 없다. 잘 지낼 수 없는 사람과 같은 공간에 있는 것은 고통스럽다. 그들을 만나지 않아도 이미 덧없는 삶을 살고 있고 더군다나 나는 그 온도를 싫어한다.

그들이 내게 건네는 한 마디에는 대부분 가시가 돋쳐있다. 그렇기에 나는 함께하지 않기로 결정했으며 가시 돋친 말을 드디어 받지 않게 되었다. 이제야 모든 사람과 잘 지낼 수 없다는 사실을 알았다. 나는 모든 사람과 잘 어울릴 수 있다고 생각했지만, 그것은 착각이었고 환상일 뿐이었다. 삶에 있어 관계를 중요시 생각했다. 나 홀로 살아갈 수 없는 도시에 있기 때문이다.

한 번 산다는 삶 모든 사람과 잘 지낼 수 없지만 마음 맞는 사람들과 더 좋은 행복을 위해 최선을 다해 살아야겠다. 나는 그저 내가 사랑하고 나를 사랑해주는 사람들과 행복한 시간 속에 유난히 시끄러운 이 서울에서 살아가면 된다.

아쉽지만 우리는 모든 사람과 잘 지낼 수 없다.

너와 나의 사정이 다르다는 사실을 알아줄래

나 너 그리고 우리에게는 각자의 사정이 존재한다. 누구도 쉽게 침범할 수 없는 그런 것. 그런 사정을 다 이해할 수 있는 사람은 없을 것이다. 그래, 각자의 사정을 다 이해할 수는 없지. 사정마다 다른 이유가 존재하는 것인데 말이야. 그건 어떤 변명도 핑계도 아닌데 말이야.

서로의 사정이 다르다는 것을 아는 것이 중요하지 않을까. 아무리 다 이해할 수 없다고 해도 나는 나고 너는 너니까. 우리라는 좋은 단어가 우리를 함축시킨다 해도 결국 나와 네가 존재하기 때문에 우리가 존재하니까.

말이 길었네.

오늘 같은 날 그냥 이런저런 이야기보다 너와 나의 사정이 다르다는 것을 안다는 것이 중요하다고 말하고 싶었어.

LA MERCED
P

인간형성

여전히 그런 거 같아요. 새로운 사람들을 만나면 느껴보지 못한 새로운 감정과 마주하게 됩니다. 그들과의 대화 속에서 ‘아 이 사람은 나를 만나기 전 이렇게 살았구나.’ ‘아 이 사람은 이런 가치관을 따르고 있구나.’ 하며 새로운 이야기 속에 새로운 감정이 생겨납니다.

저와 가까워진 사람들은 제게 말합니다.

“내가 생각했던 너는 다른 사람이야.”

나를 가깝게 알지 못했던 사람들에게 항상 들었던 말입니다. 하지만 저 한 마디는 이제 괜찮습니다. 저런 말에 익숙해진 제가 되어버렸기 때문이죠. 이제라도 알아주었으니 정말 다행입니다.

"나는 지금처럼 여전히 여기에 남아 다가오는 사람에게만 제 모습을 보여주겠습니다."

새로운 사람을 만나는 일은 항상 나를 흥분시키고 기대하게 합니다. 억지로 새로운 관계를 만들려고 하지 않지만 재미있는 일입니다.

관계를 형성하고 있던 사람들과 SNS를 통해 근황을 알 수 있는 관계가 되기도 합니다. 어쩌다 연락이 되면 "언제 한 번 밥 먹자."라는 진부한 한 마디만 주고받습니다. 참 진부한 이 한 마디에 우리는 유지됩니다. 내게서 멀어진 사람도 있고 내가 멀리하는 사람이 생기기도 합니다.

관계 역시 순환이 필요하더라고요. 나를 보낸 사람들을 아까워하지 말자 다짐합니다. 내가 보낸 사람에겐 어쩔 수 없지만 가만히 손바닥만 허공에 휘젓겠습니다. 그를 떠나보낸 이 자리에 새로운 사람을 위해 자리를 준비해야 하거든요.

우리는 항상 무거운 눈꺼풀을 들고 일어서지

매일 아침 눈꺼풀 들고 서기가 너무 힘들다. 긴 시간 잠에 빠져도 왜 더 자고 싶을까.

오늘은 비까지 오며 아침을 싫어하게 만들었다. 그래도 전철에 앉아 갈 수 있어 기분이 좋다며 위안했다. 그러다 내 앞에 서 있는 중년의 남성을 보았고 그가 내 옆자리에 앉을 때 나를 우산으로 가격했다. 아마도 실수로 쳤을 것이다. 그 순간 왜 그렇게 짜증이 났는지 몰랐다. 그를 째려보며 사과를 받아냈다. 평소 나였다면 그냥 무시했을 상황인데 왜 그랬을까. 그렇게 책을 보며 서울에 진입한다.

한강을 건널 때쯤 보려고 본 중년의 카톡은 아니었는데 글씨를 너무 크게 하셨네? 수신 내용은 법정에서 보자 어쩌고저쩌고. 괜스레 찜찜했다. 그러고 그는 자신이 내려야 할 역에 급하게 뛰어내렸다. 우산으로 나를 친 사람이 아닌 법정에 서야 할 아저씨의 뒷모습이 보였다.

다시 오지 않을 오늘이 시작됐다. 끝나기까지 너무 많은 시간이 남았다. 아침의 짜증을 죽이고 '나'를 생각하듯 타인을 생각해야겠다.

다시 책을 펼쳤다.

노인과 개

우연일까 노인들과 함께 있는 개들은 대부분 성격이 비슷하다. 아주 작고 조용하며 나이를 알 수 없지만, 노인과 비슷하다. 귀여워서 관심을 주어도 주인 주변만 서성이며 주인만을 바라본다. 표정은 항상 눈을 크게 뜨고 뭔가 나를 보며 "뭘 봐!" 라고 말하는 표정이다.

천천히 걸어가는 노인들의 걸음에 맞춰 걸어가는 개 그리고 계속해서 주인을 확인하는 모습. 이런 모습을 보면 말 못 하는 개들의 행동에서 노인들을 맞추는 마음이 느껴진다. 노인들보다 크기는 작지만, 그들을 지키는 듯한 모습. 노인과 개의 살아가는 이야기는 알 수 없지만 그들은 긴 시간을 함께 살아왔을 테니까 서로를 잘 알겠지.

오늘도 집 앞 벤치에서 개와 노인을 보았다. 너무 귀여워 빤히 쳐다보니 주인에게 딱 붙어서 나를 보며 경계를 한다.

짜식. 그냥 네가 너무 귀여워서 보는 것뿐이야. "귀엽다." 한 마디 건네고 빨리 자리를 떠났다. 그들의 시간을 방해하고 싶지 않은 기분이 들었다.

노인과 개의 관계가 부럽기만 하다. 거리에서 이런 모습을 볼 때마다 진심으로 둘의 행복을 기도하게 된다. 노인에게 개는 삶의 큰 힘이 될 수 있는 친구이자 가족이 될 것이고 또 개에게 노인은 삶의 이유고 충성을 맹세할 주인이지 않을까. 세상 모든 노인과 개의 삶이 오래오래 행복하게 살았으면 좋겠다. 기분 탓일까. 노인의 옆을 지키는 개는 시츄가 많았던 것 같다.

돼냥이와 냥아치

자취를 시작한 지 1년이 지나며 작은 상자와 다를 것 없던 성수동의 작은 자취방은 1년 전 모습을 그대로 붙여넣기 한 듯 그대로였다.

독립의 기쁨도 잠시 스물한 살의 외로움과 고독은 생각보다 힘겨웠다. 첫 경험이어서 그런지 나를 점점 이상하게 만들고 있었다. 감정 기복이 심해서 그런가 생각했지만 그런 문제가 아니었다. 아무도 없는 외로운 자취방은 나를 고독으로 더 잠식시켰으며 외로움을 달래고 고독에 잠식당하지 않기 위해서 애완동물을 생각했다.

작은 자취방에 귀여운 동물이 있다면 아마 덜 외롭겠지 라는 생각이 가득했다. 강아지를 생각했지만 혼자 있는 시간의 외로움을 해결해 줄 수 없었기에 포기했고 햄스터를 생각했지만 너무 작은 동물은 나의 외로움을 채워줄 수 없었다. 마침 동현이형이 꾸룽이를 키우고 있었는데 생각보다 고양이는 외로움을 타지 않는다는 말에 애견카페를 하루 종일 보며 나의 외로움을 채워줄 고양이를 찾고 있었다(반려동물을 키울 때 큰 책임감이 생긴다는 사실을 뒷전으로 하고 나를 위한 이기적인 생각만이 가득했던 철없는 시절이다). 그리고 나를 사로잡은 이 녀석을 보자마자 나는 무조건 너야! 신나하며 고양이를 분양을 받았다.

처음엔 먼지? 퉁퉁이 같은 이름을 생각했었다. 어쩌다 뚜비가 되었는지 기억이 나지 않는다. 일주일은 하악 소리만 들었고 집에 돌아와 싱크대 밑으로 숨은 뚜비를 바닥에 누워 보며 "뚜비야, 얼른 나와서 나랑 놀자." 를 반복했지만 겁 많은 녀석은 쉽게 마음을 열어주지 않았다. 그렇게 통통한 뚜비는 자취방 온 지 일주일 만에 만지고 볼 수 있었다.

1년의 시간이 지났고 어려서부터 통통했던 뚜비는 더욱 커졌고 우리는 새로운 곳으로 이사를 했다. 나의 외로움을 채우기 위해 내게 선택받은 뚜비는 생각보다 외로움을 많이 탔고 내가 밤늦게 집에 오는 날에는 하루 종일 부비고 울기 시작했다. 고양이는 외로움이 없는 동물이 아니라는 것을 뚜비를 통해 알게 되었다. 나의 외로움을 채우기 위해서 뚜비의 외로움을 생각도 못 한 나는 초보 집사였다. 그래, 고양이는 외로움을 타지 않는다는 말은 다 거짓말이야. 세상에 외로움 없는 동물이 어디 있겠어. 여러 고민 끝에 고양이 한 마리와 두 마리는 차이가 없다고 해서 뚜비의 동생을 분양받기로 결정했다.

지금 와서 생각하면 엄청나게 귀여운 아기 고양이 사진에 속아 냥아치(양아치 + 냐옹이 = 냥아치)를 분양받은 듯하다. 너무 작았던 둘째는 뚜둥이라는 이름으로 나랑 뚜비와 함께 살게 되었다. 충전기 선을 다 뜯고 집을 난장판 만들고 집을 다 휘젓고 다니는 뚜둥이는 '냥아치' 그 자체였다.

많은 사람들이 뚜비랑 뚜둥이를 보면 나를 보는 것 같다고 한다. 나름 기분이 좋다. 뚜비의 배를 보면 나를 닮았다고 한다. 이것도 좋다. 반려 동물과 주인은 닮았다는 말이 어느 정도 공감이 간다.

시간이 빠르다고 느낀다. 나의 일 년과 고양이에게 일 년은 늙음의 정도가 다르다. 사람의 일 년과 고양이의 일 년은 다르기 때문이다. 부쩍 뚜비와 뚜둥이의 얼굴에서 늙어감이 보인다. 여전히 뚜비와 뚜둥이가 행복하며 건강하게 옆에서 잘 살아주는 모습을 보면 감사하다. 아직 마음의 준비를 하지 못했지만(그런 생각도 없지만) 뚜비와 뚜둥이가 무지개다리를 건너기 전까지 큰 아픔 없이 가족들 옆에서 기쁨을 주었으면 좋겠다. 두 녀석의 존재만으로 우리 가족에겐 기쁨 그 자체이기 때문이다.

나의 외로움을 채우기 위해서 분양받은 뚜비는 뚜둥이를 불렀고 그 아이들은 우리 가족들에게 기쁨을 주었다. 처음에 엄마는 반대했지만 지금은 뚜비 뚜둥이의 가장 큰 주인님이다. 이제는 엄마 옆에서 즐겁게 해주는 아들이 된 것이다. 우리 아이들이 오래오래 살았으면 좋겠고 세상에서 가장 행복한 고양이의 삶을 살았으면 좋겠다. 뚜비와 뚜둥이의 주인이 될 수 있어 감사한 삶을 살고 있다고 생각한다. 그리고 그런 너희를 사랑으로 보듬어주는 우리에게 항상 사랑스런 뚜비 뚜둥이었으면 좋겠다.

사랑해. 뚜비 뚜둥

완벽한 하루

그녀가 물었다. 내게 완벽한 하루는 어떤 하루인지. 검은자를 돌리며 생각했다. 천천히 마른 입술을 벌리며 구구절절 완벽한 하루에 대하여 설명을 했다.

아침에 개운하게 일어나 회사에 도착하고 일이 척척 진행되며 점심에는 따뜻한 돈까스를 먹고 한 시간의 휴식을 끝내고 퇴근까지의 시간을 완벽하게 보내는 것.퇴근 후 나를 위한 삶의 시간을 보내는 것. 친구를 만나 대화를 나누는 것. 사랑하는 사람을 만나 이야기하는 것. 피곤함을 어깨 위로 올려두고 나의 시간을 보내는 것. 그리고 달달한 잠에 빠지는 것.달을 보며 오늘도 수고했다 한마디 하는 것. 오늘 하루도 고생했다며 수고했다는 말을 전하는 것.

나의 구구절절의 끝을 마무리하고 한참이 지나 문득 이런 생각이 들었다. 내가 말한 설명이 과연 나의 완벽한 하루일까? 정말 완벽하다고 할 수 있을까? 머리를 긁적이며 완벽한 하루의 정답이 맞았는지 다시 한 번 생각했다.

이미 대화를 나눈 어제는 떠오르는 아침 햇살과 함께 사라졌다. 오늘의 시간을 마치며 아무 탈 없이 보통의 하루를 끝낼 수 있어서 감사하다는 생각이 들었다. 다행히 오늘은 완벽한 하루였다. 그녀에게 건넨 어제의 내 말처럼.

사랑과 꿈

가장 안락한 침대에서 심야에 만난 꿈은 세상에서 가장 달콤하고 아름다웠다. 꿈인지 현실인지 구분할 수 없을 정도로 살아 숨 쉬던 그런 꿈이었다. 이 꿈이 영원하길 바랐고 현실의 삶을 포기하고 그곳에 살고 싶었다.

무한한 초록의 숲이 울창하게 무리를 짓고 있었으며 내 앞으로 코발트블루와 에메랄드가 적절히 포옹하는 바다가 펼쳐져 있었다. 바다는 입을 크게 벌리며 일용한 양식을 힘껏 흡입하고 있었다.

태양을 가득 먹으며 황금의 윤슬을 내뿜는 모습은 사막의 오아시스와 유토피아 그렇게 이곳은 내가 상상하고 그려왔던 천국이라는 것을 알 수 있었다.

계절은 여름이었지만 머지않아 이 여름이 끝나겠다는 예감이 들었다. 나의 살갗을 차갑게 어루만지는 바람은 이곳이 가을을 사랑스럽게 안아줄 준비가 되었다는 사실을 알게 해준다. 소음 없이 너와 나의 애틋한 목소리만 우리의 귀를 간지럽히고 있었으며 햇살에 비치는 너의 가늘고 긴 입은 나를 보며 웃음 짓고 있었다. 나는 그런 너의 가늘고 긴 입이 사랑스러워 보인다.

이곳이 행복이고 이것이 행복이라는 말을 반복했으며 음식을 먹지 않아도 함께 있는 시간으로 깊은 포만감을 느꼈으며 연신 행복을 이야기했다. 무한의 숲에서 아름다운 자연의 노래를 들으며 콧노래를 흥얼거렸고 나는 기쁨의 춤을 추었다. 너는 엉뚱함을 뒤덮은 나를 사랑한다며 연신 내 볼에 입술을 포개고는 했다.

태양이 잠을 청하며 다시금 떠오르는 달이 바다를 비추고 우리를 비출 때 우리의 몸은 더 가까워질 수 있었고 어둠이 가져온 냉기는 서로를 더 뜨겁게 안을 수 있게 하였다.

너와 나는 냉기 앞에 온도를 높이며 사랑을 나누고 애틋함이 가득 묻은 말들을 전하고는 했다. 그리고 이곳에서 깊은 잠에 빠지고서야 이 달콤하고 아름다웠던 꿈에서 깨어났다. 천장을 바라보며 다시 돌아가기 위해 눈을 감았지만 깨버린 꿈은 다시 찾을 수 없었으며 지난 심야에 만났던 우리의 천국은 이렇게 내 머릿속에 환상으로 자리 잡았고 나만이 기억할 수 있는 필름으로 남았다.

다시는 무한의 숲도 코발트블루와 에메랄드빛이 가득한 바다도 볼 수 없겠지만 내 옆에서 새근새근 자는 너를 보며 안심할 수 있었고 이곳이 행복이고 이것이 행복이라는 말을 반복했다. 네가 옆에 있어 다행이야 속삭이며 새근새근 자는 너를 보며 사랑한다고 속삭였다.

오늘의 하루를 사막의 오아시스 또는 유토피아로 다시 정정하며 마음속으로 "이곳이 천국이구나." 라는 말을 반복했다.

나는 그 애가 깰까 조심히 문을 닫고 하루를 시작했다.

내 삶의 구원자

오래된 감정을 끄집어내는 일은 다시 생각해봐도 어려운 일이다.

깊은 잠에 빠져있던 두 눈을 뜨게 만든 그녀의 손길은 내게 구원이었다. 한시라도 빨리 그녀에게 사랑을 부어버리고 싶었으며 이 사랑의 끝이 가슴 찢어지는 고통이 가득한 결말이라고 해도 그마저 내가 끌어안을 것이다. 너는 그저 내 사랑을 가득 받기만 해 달라고 전하며 너는 그저 내 감정의 반만 해 달라 전했다. 짙은 어둠이 고요한 시간 새근거리는 너를 보며 긴 밤, 뜬 눈으로 잠과의 싸움을 시작한다.

둘만 있는 이 공간을 사랑한다. 태양이 온 세상을 비추고 너의 얼굴을 비출 때 나는 먼저 눈을 떠 숙면에 취한 너를 바라본다. 나는 이 시간을 사랑한다. 그녀의 손길은 내게 구원이다. 감정을 상실한 내게 구원자가 나타났다며 큰소리로 외친다.

새하얀 너는 내게 길을 인도하는 천사와 같다. 작고 소중한 너는 내게 감정의 방향을 인도하는 천사와 같다. 내게 작고 차가운 손을 건네는 너는 내게 찾아온 내 삶의 구원자.

그 시간을 가장 사랑했었던 나에게

주홍빛 가득 품은 달 이 창문을 두드리면 나는 헐레벌떡 뛰어간다. 창문을 열며 웃으며 눈인사를 한다. 너와 함께하는 이 시간을 가장 사랑했다. 네가 떠나면 너 없는 창문은 슬픔과 우울. 때로는 행복과 환희를 가져다주었다. 여름이 찾아오면 청록의 푸름이 함께 했고 서울을 잿빛으로 만들어 버리는 장마는 굵은 빗줄기를 데려와 창문을 두드리며 다시 나의 눈과 인사를 나누었다.

나는 너와 함께하는 이 시간을 가장 사랑했고 비에 젖은 서울은 코를 찌르는 흙냄새와 젖은 아스팔트 냄새로 범벅이었다. 그런 날, 찾아온 달은 나에게 말을 걸었고 나는 그 시간을 가장 사랑했다.

그런 사랑을 하고 싶은데

지금까지 나는 받아주는 방법과 참는 것이 연애의 안전이라고 생각했다. 상대방 때문에 기분이 좋지 않아도 화가 머리끝까지 차올라도 나는 끝내 속마음을 입 밖으로 내뱉은 경우가 없다.

항상 그런 생각을 했던 것 같다. 내 감정을 지금 밖으로 표출하면 상대방과 다투거나 공간의 온도를 순식간에 변화시켜 버린다는 것. 그런 것들을 싫어했기 때문에 나는 오롯이 감정의 표출을 잠금 상태로 유지해 온 듯하다. 상대방에게 사랑이란 감정을 전달하는 것은 잘했지만, 다른 감정은 서툴게 표현하거나 숨긴다는 것이다. 아니, 결국은 참는다고 해야 할까. 지금의 내 모습을 본다면 어리석었다는 생각이 든다.

몇 번의 연애를 마치며 깨달은 사실은 더 이상은 이런 모습으로 연애하지 않겠다는 다짐. 결국 속병은 혼자하고 감정은 썩어들어간다. 그간 내 모습을 떠올리면 결국 문드러지는 것은 나였다. 상대방을 통해서가 아닌 스스로 만든 문드러짐. 상대를 숨쉬지 못할 정도로 답답한 상태로 만들어 버린다는 것이다. 내가 참으면 우리는 괜찮을 거야, 라는 생각은 좋은 방법이 아니었다.

그래서 이제는 싫은 표현도 해야겠다는 생각이 들었다. 참는다고 좋은 연애가 되는 것도 아니고 혼자 속병을 앓는 건 결국 상대방을 고통스럽게 한다는 사실을 알았으니 말이다.

좀 더 성숙해진 연애를 할 수 있겠다는 기분이 든다. 삶은 경험을 통해 더욱 성숙해지는 것이라 생각한다. 무조건 참는 것이 좋은 것이 아니라는 사실을 알았으며, 연애에 있어 사랑하는 감정만이 중요한 감정이 아니라는 것과 다른 감정도 굉장히 중요하다는 사실을 알았으니 이제는 그래야 한다. 참는 것은 연애에 안전함을 주지 않는다. 그래서 이제는 시도하고 있다. 다른 감정도 사용하는 방법을.

이런 내 모습이 처음이라 낯설었지만, 앞으로 다른 감정도 소중히 표현해야겠다. 그런 사랑을 하겠다고 다짐했다.

짓눌린 상처는 비옥한 땅이 되었지

상처 위에 감정 없는 돌을 올렸을 때 차가운 촉감도 느낄 수 없었고 이 어두운 공간은 냉기만 가득하다. 냉기를 잡으려 손을 뻗는 순간 짓눌린 상처는 증발했고 증발 된 상처 위에 감정 없는 돌을 다시 올렸을 때 그 돌은 얼음같이 차가웠다.

비로소 나는 새로운 감정들을 받아들일 사람이 되었다. 이미 내게 남은 상처는 지울 수 없었지만 그 상처 위로 새로운 감정의 씨앗을 뿌릴 수 있는 비옥한 자리가 생겼다.

찌질이

1. 당신을 사랑한다고 이야기했잖아요. 눈물을 흘리며 당신도 나를 사랑한다고 이야기했잖아요. 아무것도 바라지 않고 같은 곳을 향해 두 손 마주 잡고 걸어가던 우리 아니었나요. 봄에는 녹녹하여 두 손을 잡고 여름엔 땀이 가득 차올라도 두 손을 잡고 가을은 쌀쌀해진다며 두 손 잡고 겨울은 너무 추워 두 손 잡고 그렇게 사계절 떨어지지 않았던 손을 왜 이제는 놓는 건가요. 애석합니다.

2. 이렇게 잔인한 사람인지 몰랐습니다. 긴 시간을 무용지물로 만들어버렸네요. 당신의 말끝에 결국 이렇게 되어버렸네요. 조금은 특별하다고 생각했는데 우리도 어쩔 수 없나

봐요. 특별하다고 생각했는데 다른 사람들과 다를 것 없는 관계였네요. 이 철야의 지옥은 꽤 긴 시간이었습니다. 마음이 컸던 만큼 상처가 깊네요. 이런 글마저 없어 보이고 찌질하겠지만, 더 이상 있어 보일 필요가 없잖아요. 응원은 못하겠네요. 열심히 오래 사세요. 불행하게. 이런 마음을 가진 나도 불행할까요.

3. 이 넓은 서울에서 하루에 두 번을 마주친다는 게 최악의 하루라고 이야기할 수 있을 것 같아요. 죽기 전까지 마주치고 싶지 않거든요. 찌질해 보일 수 있습니다. 개의치 않습니다. 사람은 누구나 찌질한 얼굴을 하나씩 가지고 있으니까요. 그러니 괜찮아요. 열심히 오래 사세요. 불행하게. 이런 마음을 가진 나도 불행할까요.

4. 당신은 내게 재미있는 이유가 있습니다. 이렇게 저렇게 글의 소재로 당신을 만들어버릴 수 있거든요. 그런 의미에서 감사합니다. 그저 그런 글의 재료라고 할까요. 이 정도면 충분합니다. 열심히 오래 사세요. 불행하게. 저는 덜 불행하겠습니다. 참 찌질하죠.

다른 사람 기억 속에 살아있는 나를 바라보며

1. 혹독할 것이라는 겨울을 맞이할 준비를 했다. 겨울을 핑계 삼아 새로운 패딩을 주문했다. 전투 장비를 준비하듯 말이다. 이번 겨울 역시 내 살을 트게 할 것이며 추위는 나를 가득 움츠리게 할 것이다. 올겨울엔 따뜻한 물을 더 많이 마셔야겠다. 만만의 준비를 했던 겨울은 설레발과 다르게 혹독하지 않았다. 마음의 풍요가 가득해서일까 혹 따뜻한 사람들과 함께여서 그런 것일까. 여러 생각을 만들고 폐기했다. 따뜻한 겨울을 보내고 있다. 매년 짧지만 강력한 겨울을 보내며 스멀스멀 기어 나오는 봄을 맞이할 준비를 한다. 어김없이 미세먼지를 동반하겠지, 하고 생각했지만 안타깝게

도 나는 코로나19에 휩싸인 위험한 도시에 머물러 있다. 병마와 싸우는 봄은 아파 보인다. 결국 19년 봄과 20년의 봄은 나에게 좋은 기억으로 자리 잡지 못했다. 지갑과 핸드폰만 있으면 외출 준비가 끝났는데 이제는 마스크까지 챙겨야 준비가 끝난다. 하루빨리 걱정 없는 지구에 살고 싶다.

2. 곧 3월이다. 12개월을 네 등분하면 벌써 4분의 1 정도 되는 시간을 보내주었고 여기서 느끼듯 2020년이라는 친구는 굉장히 빠르게 지나간다.좀 천천히 가주면 어디 덧나는 건가, 왜 그렇게 급하게 가는지 참 여유가 없는 친구다. 나이가 들수록 시간이 더 빠르다고 하는데 그 이유일까, 나는 하루하루를 빨리 감기 4배속으로 사는 기분이 든다. 방송이 끝난 지 2달 정도 지났고 촬영이 끝난 지 반년 정도 지났다. 방송 후 나를 잔상1 이라 표현했다. 그리고 앞으로 내 이름에 붙을 말머리를 생각하게 되었다. 그러니까 예전에는 안양예고 강정무 시간이 지나서 한양대 강정무라면 이제는 썸바디2 강정무가 되어버렸다는 것이다. 앞으로 어떤 말머리가 붙을지 궁금하다. 내게 어떤 말머리가 붙을 수 있을까. 나는 내 말머리를 여기서 멈추고 싶지 않다. 만약 내 이름에 새로운 말머리가 붙는다면 트렌디함이 가득했으면 좋겠다.

3. 나는 타인의 기억 속에 어떻게 살아있을까. 나는 타인의 기억에 살아있고 앞으로도 타인의 기억 속에 살 텐데 어떤 사람으로 남아있을까. 늘 사람들 기억에 살 것이다. 가장 큰 두려움은 방송에서의 내 모습은 온전한 내 모습이 아니라는 사실이다. 거창하게 말한다면 같은 시간 속에 살아있는 사람들에게 나는 한 프로그램의 패러다임으로 남아있을 것 같다는 두려움이다. 시간이 지나며 결국은 잊혀 지겠지만. 나는 불특정 다수의 기억에 남았고 나를 처참히 죽인 사람들이 가득했다. 그들은 여러 방법으로 인터넷 세상에서 나를 괴롭혔다. 그들의 기억 속에 내가 그렇게 남아있다는 사실이 께름칙하지만, 긍정적으로 본다면 내가 그들의 현실에 포함되지 않아 다행이라고 생각한다. TV 속 내가 아니었더라도 그들은 나를 그렇게 죽였을 사람들이다. 구차하게 살려달라고 하지 않는다. 그들보다 더 행복한 삶을 살고 더 자신을 사랑하며 살고 있기 때문이다. 나는 그들의 기억에 그렇게 살아있고 그들은 나에게 그런 이미지로 살아있다. 우리는 다른 사람들 기억 속에 살아간다. 내 기억에 좋은 사람들이 가득 살아있어 위안이 되는 밤이다. 적어도 저런 사람들은 내 주변엔 없을 거라 믿는다.

이 선 넘으면 침범이야

침묵을 덮은 안일한 생각과 행동은 스스로를 편하게 만든다. 때때로 이것은 생활에 밀접하게 스며들었으며 과거부터 현재까지 그래 왔다. 그리고 미래의 나에게도 포함된 이야기이다. 타인의 상황과 이야기들 앞에서 침묵을 덮고 조금은 안일하게 생각하며 행동하자. 그것은 그들의 이야기이며 그 이야기 속 나를 사용한 주제는 굉장히 약소하다.

이야기에 내가 없다면 그저 바라보고 이야기에 내가 있다면 그저 감사하면 된다. 그러니 한 치 물러서서 지켜보자며 고개를 끄덕인다.

엉망진창인 이야기에 억지로 들어가고 싶지 않다. 왜냐하면 억지스러운 것은 항상 불편하다. 그리고 그들 사정의 진실을 내가 어느 누구에게 말할 이유도 없다. 소란 가득한 지구. 그 안에 한국. 또 귀가 찢어질 서울에 살다 보면 내게는 아주 작은 가십이거나 버려질 이야기들이 가득하다. 구태여 그저 가십거리의 이야기들을 하나하나 곱씹으며 살 이유도 내게는 없다.

지금 내게는 내 이야기를 만들고 다듬어야하고 그 이야기를 채울 나의 사람들을 좀 더 사랑하고 아껴야한다. 난 어느 누구의 잣대질로 내 이야기를 흩뜨리게 만들 수 없다. 그러니까 이 선 넘으면 침범이야.

어디에 있습니까

우리의 바다는 어디로 사라졌나. 푸른빛 가득한 바다는 어디서 덩실덩실 춤을 추고 있을까. 당신과 함께 손을 마주 잡고 눈을 마주 보며 발을 담갔던 우리의 바다는 어디로 사라졌나. 노을이 지면 우리의 바다는 보랏빛과 붉음 가득한 바다가 되어 더욱 행복했는데. 밤이 오면 바다는 별과 달을 품었고 우리에게 환희를 가져다주었는데

우리의 바다는 어디에 있을까.

나는 왜 홀로 바다와 덩실덩실 춤을 추고 있을까.

아마도 그쪽에

젊은 우리는 찬란한 빛을 향해 나아간다. 함께하는 작은 움직임은 앞으로 우리에게 더 큰 행복을 줄 수 있다고.

이 말을 한번 전하고 싶다.

감사하다고, 찬란한 빛 그 속에 나와 그대들이 오붓하고 다정한 시간들을 함께 만들고 있어 다시 한 번 감사하다고.

신혼부부 송예슬과 추기원

두 사람의 시간을 옆에서 지켜본 지 7년이라는 시간이 지났다. 긴 시간 서로 사랑하는 모습을 보며 나 역시 많은 배움을 얻을 수 있었다. 사랑하는 자세와 존중하는 자세 그리고 진실 가득한 눈과 말투. 호흡이 잘 맞는 짝꿍이라는 말은 두 사람을 보고 이야기하는 것 아닐까. 옆에서 사랑이라는 감정을 느낄 수 있게 만들어준 소중한 예슬이와 기원이형이 부부가 되었다. 여러 결혼식을 갔었지만 가장 가까운 사람의 결혼식은 사실 처음이었다.

축복의 날. 나는 그들을 위해 짧은 축사를 준비했다. 둘을 위해 세상에서 가장 아름답고 예쁜 단어들로 축사를 만들었다. 나의 바람과 달리 축사는 처음보다 짧고 간략하게 할 수밖에 없었지만 세상에 하나밖에 없는 축사를 건넬 수 있어 감사하고 행복했다. 아쉬운 마음이 가득했지만 많은 하객 중에서 특별한 하객이 될 수 있었고 축사를 읽을 수 있어 행복했다.(물론, 식장의 음식이 맛있어서 더 행복했다.)

두 사람을 부러워하는 이유가 있다. 둘은 내가 바라는 사랑의 이상향을 그대로 실천하며 살고 있기 때문이다.

'완전하며 안정적이고 상처 없는 안전한 행복까지'

2년 전, 작성한 내가 바라는 사랑의 이상향이다. 이 둘은 이 글에 최적화된 사람들이라고 생각한다. 예슬이와 기원이 형은 나도 저런 사랑을 하고 싶게 만들고 사랑이란 감정에 강한 촉매제 역할을 하기도 한다. 그렇게 두 사람은 부부가 되었고 나는 다른 친구들과 이 둘의 신혼여행에 함께하게 됐다. 니스의 행복을 꿈꾸던 두 사람이었지만 좋지 못한 시기 때문에 신혼여행은 제주도로 향했다. 제주에서 신혼여행 사진을 찍어주며 그들의 추억과 친구들과의 추억을 사진으로 가득 담았다. 같이 여행한 재혁이 형은 내게 제주에서 뭐가 제일 좋았냐고 물었고 나는 한 치의 고민도 없이 "사진 찍은 거요." 라고 말했다. 7명이 함께한 둘의 신혼여행에서 동행한 친구들의 추억을 내가 담을 수 있게 되어 행복했고 부부의 신혼여행에 큰 의미를 남겨준 기분이 들었다. 그렇게 제주의 행복은 사진기사의 열정으로 남았다.

둘에게 이번 제주 여행에서 뭐가 제일 좋았을까 묻지 않아도, 그들이 말해주지 않아도 나는 알 수 있을 것 같은 기분이 든다. 그들은 사랑이 넘치고 앞으로도 둘의 행복과 친구들의 행복을 동시에 느끼며 살아갈 부부이니까. 그리고 두 사람은 **"완전하며 안정적이고 상처 없는 안전한 행복까지"** 에 최적화된 사람들이니까.

축사는 끝났지만 앞으로 이 둘의 이야기는 내 글에 자주 출연할 기분이 든다. 마치 어느 영화감독의 페르소나같이.

해방

2017년 날개를 잃고 추락했다. 감당할 수 없는 고통은 나를 갈기갈기 찢었고 불면증 우울증 등 여러 '증' 들이 나를 증발시키며 쇠약하게 만들었다. 이 시간은 내가 힘들다고 생각했던 시간들을 무색무취하게 만들었다.

고통을 숨기고 싶지 않았지만, 가족에게는 비밀로 하고 싶었다. 아니 그래야만 한다고 생각했다. 망가질 대로 망가진 나는 매일 밤 앓았고 과호흡과 수면장애가 왔으며 매일 밤 고통으로 지냈다.

어느 밤, 취침 시간과 함께 찾아온 나의 과호흡과 불안 증세는 나를 극도의 불안 상태로 만들었다. 지금까지의 증세와 달리 지금 잠에 들면 다시는 일어날 수 없겠다는 생각이 들었다. 그렇게 당직실로 찾아갔고. 나는 응급실로 향했다. 응급실에서 안정제 그리고 수면 유도제를 투약했고 그들은 내게 '공황장애 과호흡'이라는 이상한 병명을 주었으며 주말이나 월요일에 큰 병원을 가보도록 하라고 했다.

내가 왜?

공황장애를 인정할 수 없었다. 이런 병에 걸릴 만큼 약하지 않았기 때문이다. 그만큼 나와는 거리가 멀다고 느낀 '병'이라 생각했다. 그 뒤로 몇 개월 동안 정신과 치료를 받았다. 나의 병명은 '공황장애'였다. 나는 이 진단을 거부했고 인정하고 싶지 않았다. 내게 주어진 정신과 약은 만취로 인한 필름이 끊기는 현상을 경험하게 만들었다. 하루는 약을 먹고 친구와 통화를 했는데 다음날 내게 남은 기억은 하나도 없었다. 약을 줄여 달라고 말했다. 나를 치료하기 위한 약이 나를 더 병들게 만들고 있다며 말했다.

내가 원망스러웠고 모든 게 원망스러웠던 시간을 보냈고 잊고 싶은 기억들은 반복해서 나를 갉아먹고 괴롭혔다. 나를 파괴시킨 시간들은 실수로 물통을 쏟아 흐물 거리는 도화지 같은 흔적으로 괴롭혔으며 이 폭풍은 언제 끝날까 홀로 서 있던 나는 본래의 나를 찾기까지 한 해를 보내야 했다.

이런 상황을 벗어날 수 있게 한 것은 하조대의 기억이었다. 가을이 올 무렵 기원이형과 예슬이는 흔쾌히 둘의 여행에 나를 초대해주었고 그곳에서 하조대를 만날 수 있었다. 글로 표현 할 수 없는 그때의 느낌. 내가 느낀 감정들을 통해 끈질기게 붙어 있던 병은 점차 소멸하기 시작했고 온전한 본래의 나로 돌아올 수 있었다. 이만하면 끝이라고 외치며 사랑하는 하조대 앞에서 나는 소리쳤다. 나를 집어삼켰던 어둠 그 자체에서 벗어날 수 있었다.

하조대를 떠나는 그 날, 언젠가 사랑하는 사람이 생기면 봄과 여름 그리고 색색의 가을과 백색의 겨울에 다시 오리라고 다짐했다. 경험하지 못했던 병으로 1년의 세월을 버렸다. 언젠가 경험해야 했을 나의 상처는 지금의 나를 만들었고 이제는 조금 상처에 무뎌지고 쉽게 나약해지지 않는 사람이 되었다. 나의 날개는 뿌리부터 천천히 다시 탄생했으며 완전한 나로 다시 만들어주었다.

시간이 지나 2019년이 되었다. 나는 베를린에 다녀왔고 그곳에서 평생의 안줏거리를 친구들과 만들었다. 그리고 공연을 했으며 다시 일을 시작했다. 그렇게 가보고 싶었던 여름의 유럽을 경험했고 삶의 질을 향상시키기 위한 여러 취미 생활도 할 수 있는 상태가 되었다.

이제는 이런 나를 받아줄 사람도 있고 나의 안식처가 생겼으며 다시 한 번 나를 사랑해주는 사람들이 가득하다는 사실을 알았다. 올해 가을이 지나갈 때쯤 많은 것이 변화했을 거라 생각한다. 상처 없는 올해를 보내주며 새해를 마주하고 싶다.

그간 공허했던 2019년의 빈공간을 채울 수 있어 지금 나는 너무 행복하고 감사하다. 나의 아픔마저 사유해주는 이에게 감사하다고 말하고 싶다.

아무쪼록 앞으로 탈 없이 잘 부탁한다고.

상처는 증발해 하늘로 올라갔다 말하고 싶다.

나의 바다 형들의 바다

"형들은 바다가 좋아요? 산이 좋아요?"

유럽에서 귀국 후 시차 적응도 못 하고 나는 형들과 제주도에 왔다. 4월의 제주는 따뜻하고 시원했다. 우리는 노래를 따라 부르며 해안로를 달리며 제주의 시간을 만들어가고 있었다. 가만히 보면 제주는 손바닥에 잡혀있는 소라껍데기 같다.

한참 바다를 보다 문득 궁금했다.

"형들은 바다가 좋아요? 산이 좋아요? 저는 바다가 좋은데."

재혁이 형은 바다를 좋아하면 아직 젊은 거고 산을 좋아하면 나이가 들었다고 했다. 바다를 좋아하는 형들과 함께 있었다. 하염없이 바다를 보며 혼자 생각했다.

'아직 우리는 젊은가 봐요. 근데 왜 점점 아저씨 같아지는 걸까요. 왜 점점 청춘과 멀어지는 기분이 들까요. 나는 아직 바다가 좋은데, 그럼 아직 젊은 거겠죠. 그럼 아직 청춘이죠. 바다는 가끔 우울감에 잠들게 하잖아요. 행복할 때 본 바다는 행복을 증폭시켜주는데 우울할 때 마주한 바다는 더 깊은 우울함에 빠지게 하는데 말이죠. 그래도 아직은 그런 우울감마저 좋아하나 봐요. 저는 아직 젊은가 봐요. 네, 아직 어립니다. 올여름에는 꼭 하조대를 가야겠어요.'

하조대 : 강원도 양양군 현북면 하광정리 산3번지 일대에 있는 명승지. 명승 제68호

2장

제법 고독한 이야기들

쉼 있는 순간에 존재하고 싶습니다

먼저 감사의 인사를 건네겠습니다.

다양한 책을 읽는 이유가 있습니다. 소설과 산문 혹 시집들 다양한 종류와 여러 작가님의 책을 읽는 이유 중 하나는 어떤 내용이든 그 책의 이야기에 스며들어 글을 읽게 되죠. 소설은 소설 주인공의 삶을 느낄 수 있고 산문은 작가의 삶을 느낄 수 있습니다. 마치 그들이 되어 여행한다는 기분이 들거든요. 내 삶이 아닌 타인의 삶으로 역할 놀이를 한다고 할까요. 참 독서는 재미있습니다. 대부분 집에서 읽거나 조용한 카페에서 읽기도 합니다. 아! 지하철에서도 자주 읽습니다.

방송에 나오기 전 제 글들을 공유하던 기간이 있었습니다. 제 글을 바라는 사람들에게 메일로 정리된 글을 전달했습니다. 글을 건네며 저는 이런 말을 전했습니다.

"편하게 읽어주시고 시간의 여유가 있을 때 읽어주세요. 그리고 쉼과 함께 읽어주세요."

그들의 중요한 시간 속에 있기보다 쉼 속에 있길 바랐습니다. 편안한 쉼 속에 제 글을 읽었으면 좋겠다고 생각했습니다.

지금 읽고 있는 이 글들이 어떻게 전달이 될지 아직 모르지만 편하게 읽어주셨으면 좋겠습니다. 그리고 저의 삶을 여행한다고 생각해주시면 좋겠습니다.

네, 여러분이 저를 꼭 알아야 할 이유는 없지만 그래도 이 글을 읽으며 시간을 사용하신다면 강정무가 되어 여행을 한다고 생각해주시면 감사하겠습니다. 쉼 있는 순간에 읽어주시면 감사하겠습니다.

잊혀지는 것

당시에 잊지 못해 힘들었던 것들이 시간이 지나 잊혀 졌을 때 잊을 만큼 열심히 살았다는 생각이 든다.

살자.

잊고 싶어도 잊지 못하는 과거는 결국 앞으로 찾아 올 미래를 이길 수 없을 거야.

살자.

살다 보면 잊혀 진다. 미미해도 결국엔 다 잊혀 지더라.

고독한 이야기들

우리는 가냘픈 A4 용지와 같다. 쉽게 찢어지며 또 구겨진다. 삶과 같다고 볼 수 있다. 그럼에도 불구하고 파괴를 거부하며 존재하고 있다. 삶은 어떠한 방향으로 나아가며 방향은 선택의 연속으로 정해진다. 지금 이렇게 방향을 이루어가는 것이 정답일까. 가장 투명하고 아름다운 이십 대의 시간은 때때로 우리를 급하게 만들어 갈팡질팡하게 만든다.

희로애락이 가득한 십 년이다. 기쁨과 슬픔이 공존하는 가장 연약한 시간이라고 생각한다. 세상은 우리에게 빨리 빨리를 이야기한다. 나는 이 중간에 쉴 틈이 필요하다고 생각한다. 하지만 그러지 못하는 사람들이 가득하다. 어렵고 힘들다고 생각이 들어도 쉴 수 있는 틈을 만들었으면 좋겠다. 빨리 빨리를 말하는 세상 속에서 쉼이라는 틈을 찾는 것은 물질적이거나 혹 사랑이거나 나를 존재하게 하는 인간관계나 삶의 질을 향상시킬 수 있는 수많은 취미일 수 있다. 나는 춤에 10년의 세월을 사용했다. 하지만 포기할 수 있다.

춤이 삶의 전부일 것이라고 생각했던 것은 우물 안 개구리의 생각이었다. 그래, 나는 우물 안 개구리였다. 세상은 춤보다 더 많은 것들이 있었고 내가 아직 시작할 수 있는 새로운 것들이 가득했다.

적어도 서른이 되기 전에는 무언가를 잡고 있어야 한다고 재영이 형은 내게 말해 주었다. 내가 존경하는 사람에게 그런 이야기를 들을 수 있다는 사람이라는 사실에 기분이 좋았다. 단지 그가 내가 소속되어 있는 회사의 대표라서가 아니다. 왜냐하면 재영이 형은 사람이 그 사람 아래에 있고 싶게 만들어주는 사람이기 때문이다.

삶에 어떤 것을 담아주어야 할까. 사실, 담을 수 없는 그릇이 되어 있는 것일지도 모른다. 신은 우리에게 답을 가르쳐주지 않았다. 이십 대를 보내고 서른이 되면 정답을 알 수 있을까. 그 정답은 누가 가르쳐 줄까. 스스로 알아야 하는 것일까. 이런 수많은 상념에 빠지는 날이면 나는 태어나서 살아가는구나, 라는 자각을 하게 된다.

스스로 답을 찾아야 한다고 몇몇 사람들은 말한다. 몇몇의 말이 정답일 수 있겠지만 내 삶에 몇몇의 말은 정답이 아니다. 그저 방향성을 제시하는 여러 갈림길의 예시이거나 방법이라고 말할 수 있다.

실패와 불행에 위안을 삼을 수 있는 것은 타인의 불행을 보며 안심하는 것이다. 잔인하고 이기적인 생각인가 하면서도 어떤 사람들은 그렇게 살아가고 있다. 나는 안 그랬다고 말할 수 없다. 기억은 나지 않지만 그랬던 것 같다. 나의 불행을 극복하기 위한 방법은 오롯이 그 불행에서 탈출하는 것이고 불행을 짓밟고 올라갈 수 있는 자신이 돼야 한다.

내가 여태껏 받은 상처에 아물 수 있었던 방법은 상처로 위로받는 방법이다. 상처에 상처를 더하고 또 더 하다 보면 과거에 가득한 상처들은 새로운 상처에 무덤덤해질 것이다. 그러면 아픔에 익숙해질 것이고 또 과거의 아픔을 잊고 살게 될 것이다. 그러나 익숙해지며 잊고 살게 된다는 말은 우리에게 확실한 답을 주는 것이 아니겠지. 지우고 싶은 과거의 일들은 내 그림자 뒤에 남겨져 있고 지우지도 못하고 잊을 수 없어 나를 찾아와 괴롭히는 기억은 영원히 버릴 수 없다는 현실을 깨닫게 했다. 금연을 한다는 사람이 담배를 끊는 게 아니라 참는다고 하듯 지우고 싶은 과거는 영원히 지울 수 없었다. 그저 참는 것뿐이다.

새로운 일을 하기 위한 나의 마음에는 작은 두려움이 있다. 항상 첫 시작은 두려움 가득한 것이라고 말한다. 하지만 두려워하지 말라 말한다. 두렵지만 두려워하지 않는 척하며 천천히 앞으로 전진할 것이다. 첫발 걸음은 백설과 같았으면 좋겠다. 나는 내가 너무 두려워하지 않았으면 좋겠다.

괴기해진 인간

이 심장은 망연자실하다. 괴기해진 형상은 어물쩡거린다. 내게 들이박은 환영은 이따금씩 나를 코마 상태로 만든다. 어릿어릿할 정도의 화려한 환영 그 앞에서 계속 어물쩡거린다. 잃지 않기 위해, 잊지 않기 위해 홀연히 뒷걸음질 하는 이 심장은 빠른 시일 내에 망연자실할 것이다. 시간을 통해 괴기해진 형상은, 더 해괴망측해질 것이다.

꿈을 꾸었다.
과거에 있는 내가 나에게 질문을 했다.
무엇이 그리 두렵고 너를 그렇게 만드느냐 물었다.
과거에 나는 길 잃은 내게 질문했다.

나는 나의 큰 눈을 뻗기만 하였으며
꿈속에서도 아무 대답을 할 수 없는 나였다.
꿈에서 깬 나는
이사야 41:10을 찾는다.

이사야 41:10

두려워 말라 내가 너와 함께 함이니라 놀라지 말라 나는 네 하나님이 됨이니라 내가 너를 굳세게 하리라
참으로 너를 도와주리라 참으로 나의 의로운 오른손으로 너를 붙들리라

죽음으로 향하는 길
나는 그것을 여행이라 말할게

만약 긴 여행을 떠난다면 앞으로 25년 정도 뒤였으면 좋겠습니다. 큰 미련 없이 떠날 수 있을 것 같아요. 우리는 언젠가 삶을 정리하고 떠나게 되니 말이죠. 그때쯤이면 미련이 없을 것 같고 돌아오지 않아도 괜찮을 것 같습니다. 아마도 그렇게 생각할 수 있는 내가 돼 있으면 좋겠어요. 미래의 내가 되어도 이 생각이 변하지 않았으면 너무 좋겠습니다.

준비물을 생각했습니다. 깔끔하게 맞춘 정장과 구두를 신고 안 주머니에는 사랑하는 사람과 가족사진 몇 장 그리고 담배를 챙기겠어요. 아! 한 손에는 진하고 구수한 아이스 아메리카노를

텀블러에 챙겨야겠습니다.

여행의 시작은 아마도 장례식장이 되겠죠. 장례식에 온 사람들이 모두 춤을 춰주었으면 좋겠습니다. 죽기 전에 도운이에게 미리 말할 거예요. 음악을 틀고 춤을 춰달라고, 다 함께 나의 여행에 큰 응원을 바라는 마음으로 말입니다. 여행에 앞서 덜 아쉽도록 하고 싶은 것들을 최대한 미리 해봐야겠습니다. 그래야 덜 아쉬울 테니 말이죠. 홀가분하게 떠날 것이고 슬프지 않으며 우울도 없고 웃음 가득한 얼굴로 떠나겠습니다. 긴 여행이 되거나 짧은 여행이 되겠죠. 내 삶의 마지막 여행이자 마지막 경험이 될 겁니다. 상상만으로도 흥미진진하죠. 그 어느 때보다 기대감이 큰 여행입니다.

하늘은 여명의 색깔이었으면 좋겠어요. 도로는 잘 포장된 도로였으면 좋겠고 배경음악은 달콤하거나 따뜻한 재즈 음악이 나왔으면 좋겠습니다. 도로 위에는 파노라마처럼 이곳에 오기 전 나의 삶을 영상으로 틀어주었으면 좋겠고 컬러 화면보다는 흑백 화면이길 기도합니다. 여명이 덮은 날씨는 가을 날씨였으면 좋겠어요. 가을을 가장 사랑하니까요. 이곳은 눈물도 없고 오직 기쁨으로 가득 찬 여행이길 기도합니다. 첫발을 내딛는 순간 나는 돌아갈 수 없습니다. 현실의 사람들은 각자의 생활을 다시 시작하겠죠. 마치 내가 없던 것처럼. 이런 여행을 떠나는 사람들은 모르겠죠. 금방 사람들에게 잊히며 아주 가끔 떠오르는 사람이 될 것이라는 걸.

여행의 도착지가 어디냐고 묻는다면 나보다 먼저 이 여행을 떠난 사람들이 모여 사는 동산이었으면 좋겠습니다. 거짓말처럼 이미 그들은 나의 도착 시각을 알고 파티를 준비하고 있는 겁니다. 내가 좋아하는 맥주와 와인들 그리고 고기들이 가득하며 음악이 적절한 크기로 흐르며 대화할 수 있는 그런 분위기의 환영 파티. 긴 여행의 피곤함을 잊은 채 도착지에서의 파티라면 코가 삐뚤어 질만큼 취해도 행복할 것 같습니다. 이제 이곳에서 현실로 돌아가는 일은 없을 겁니다. 돌아갈 표는 없으니까요. 이런 여행이라면 행복할 것 같아요. 먼 미래의 여행을 위한 현재의 행복한 상상입니다.

내일은 회사로 여행하지요. 잠이나 자야지.

내 젊은 날의 유서

유서 써본 적 있어? 묻는 말에 나는 없어. 라고 대답했다. 그래서 오늘은 내 젊은 날의 첫 유서를 적어볼까 한다.

유서는 특별한 글이라고 생각했다. 아직은 죽음이랑 멀다고 생각했기 때문에 작성할 생각이 없었다. 그런데 갑자기 내일 당장 죽을 수도 있겠다는 생각을 해보니 한번 작성해봐야겠다는 생각이 들었다. 진지하지 않은 유서를. 조금은 재미있을 듯하다. 진지하지 않은 유서를 써봐야지.

내가 죽었기 때문에 이 유서를 보겠죠. 누굴까요 궁금합니다. 엄마는 아니었으면 좋겠어요. 차라리 동생이 열었으면 좋겠네요. 어쩔 수 없겠죠. 사람은 언젠가 다 죽음을 맞이하니까 원래는 일찍 죽고 싶은 생각으로 살고 있었는데 만약 죽는다면 죽음 직전에 엄청나게 아쉬운 느낌이 가득할 것 같아요. 하고 싶은 게 많아서 그런가.

일단 가진 게 없어서 유산이 있을까요. 없을 듯해요. 그래도 유서를 볼 때쯤 유산이 있으면 좋겠네요. 조금 저축한 돈은 엄마가 쓰세요. 나 키운다고 쓴 돈이 얼만데…. 이 정도라 미안합니다. 아, 이건 너무 없어 보이네. 엄마 은행에 있는 내 돈은 엄마 다 가지세요. 동생에게 미안하지만 줄 수 있는 게 없네. 내 옷 좋아하니깐 다 입고 팔고 싶으면 팔아라.

그래도 엄마 말 잘 듣고 살았다고 생각하는데 엄마도 그렇게 생각할까. 엄마 아들이라 다행이고 행복했어. 다음 삶에는 엄마 아들로 태어나지 않을게. 그래도 이번 생은 감사했어. 고생했지만 말이야 앞으로는 덜 고생하며 엄마 삶을 살았으면 좋겠다. 부모보다 먼저 죽으면 불효라는데…. 혹시 몰라서 남기는 거야. 불편한 마음 없었으면 좋겠어. 나보고 츤츤거린다고 하는 동생에게 좋은 거 많이 못 해주고 잔소리만 했던 거 같아 미안해. 결혼해서 예쁜 아이들 키우며 행복하게 살아라.

많은 친구들에게, 상처를 준 기억이 있다면 미안해. 그러려고 그런 거 아닌 거 알 거라 믿어. 그리고 장례식장에 와서 노래

틀고 맛있는 고기도 먹고 육개장도 먹고 술 많이 먹고 춤추고 놀아줘. 내 영정 사진이랑 인증샷 찍어주면 좋겠어. 내 소원이야.

사랑하는 연인에게, 후회 없이 사랑했을 거라 믿어. 서로 행복했고 내가 너의 땅이 되었다고 생각해. 아마도 나는 너에게 그런 존재였길 바라. 내가 먼저 죽어 이 유서를 본다면 미안해. 먼저 가서 기다리고 있을게 안녕. (쓰면서 참 책임감 없는 사람이네 라고 느낌.)

뚜비랑 뚜둥이는 다음 생에도 내 동생들로 우리 가족 곁에 살아주면 좋겠어. 잘 먹고 잘 쉴 수 있는 환경을 제공했다고 생각해. 그리고 사랑을 듬뿍 주었다고 생각한다. 그냥 내가 죽으면 내 사진 앞에서 "애옹~" 열 번 정도 해주면 좋겠다.

유서를 이렇게 쓰는 게 맞나 모르겠네요. 처음 써보는 유서라서. 사실 유서에 정답은 없는 거 아닌가요. 진지한 유서는 나랑 맞지 않다고 생각해요. 저번에 내가 죽고 천국이든 지옥이든 가는 길목에 대하여 작성한 글이 있었는데 이 유서를 읽을 즈음 나는 그 글대로 이루어진 죽음의 길을 걸었으면 좋겠습니다. 생에 많은 사람과 대화하고 살아갈 수 있어서 행복했습니다. 이름을 나열하고 싶지만, 참겠습니다. 정말 꾹 참았습니다.

엄마! 제 유골은 통영 앞바다에 뿌려주세요.

내가 없는 그곳의 이야기

그곳에 저는 없을 겁니다. 그런 이야기 있잖아요. 별일 없이 사는 게 가장 다행이라고. 별일 많았던 그곳에 저는 존재하지 않습니다. 내 두 발을 붙잡고 있던 진흙탕 같은 시간은 그곳에 남기고 왔습니다.

이제 저는 그곳에 없으니 정말 다행입니다. 지체했다간 말라 비틀어버렸을 거예요. 이곳은 푸른 나무가 가득히 있습니다. 검고 말랐던 나무가 푸르게 가득한 나무가 되었습니다. 여기 푸르게 가득한 나무가 붉은빛을 보이며 웃는 날 저는 이곳에도 없습니다.

2019.12.31

먼저 의자에 앉았다. 뭐부터 시작해야 하며 어떻게 끝맺음을 해야 할지 몰라 반복적인 콧바람만 내뱉으며 눈을 굴리고 머리를 굴린다. 지난 며칠 동안 한 해를 마무리 짓기 위한 글을 꾸준히 메모했다. 순간순간 떠오르는 대로 기록했으며 이렇게 펼쳐 보니 조금은 긴 글이 될 듯싶다.

지난달, 부산에 다녀온 이후 바쁘다는 핑계로 글과 그림을 게을리했다. 그래도 다행인 사실 하나는 출퇴근 길 책 몇 페이지는 읽었다는 사실이다. 이 사실이 작은 위안을 만든다. 그럼 며칠 동안 기록한 메모를 정리해 봐야겠다. 오늘은 12월 31일이니까.

전역으로 2018년을 보냈으며 벌써 1년이 지났다는 사실이 믿기 어렵다. 그렇게 다시 19년을 보내며 "시간은 항상 빠르구나." 를 다시 느낄 수 있었다. 해돋이로 맞이한 2019년을 시작할 때 엄마의 생일 선물로 나는 베를린에서 생활하게 되었고 친구들과 오디션을 보기 위해 이방인의 삶 그 자체로 잿빛 베를린을 몸으로 맞이했다. 아들이 경험하지 못하면 평생 후회가 남을 것 같다는 어머니의 선물이었다. 나 역시 경험하지 못했다면 평생의 아쉬움이 남을듯했다. 지금이 아니면 내가 유럽 생활을 못 할 거라는 사실을 알고 있었기 때문이다.

여러 나라를 다니며 오디션과 여행을 통해 다양한 사람들을 만났을 때 가장 좋았던 순간은 어느 나라 사람이던 대화가 가능했다는 사실이다. 스스로를 대견하다고 느꼈으며 겁이 없고 두려움이 없었기 때문에 가능했었던 것 같다. 아쉬움이 가득했지만 한국이 그리웠다. 뜻을 이루지 못했지만 친구들과 평생 잊을 수 없는 청춘의 기록을 남기며 추억을 만들었다.

귀국 후 한 달은 아무것도 하지 못하는 나를 만나게 되었다. 19년의 봄은 달콤하지 않은 봄이었다. 올해의 벚꽃은 단지 거리의 쓰레기로 보였을 뿐이었다. 생활을 다잡으며 일을 시작했고 공연을 준비했다. 정확히 3년 만의 서는 무대였다. 기분 좋았던 순간이라고 말할 수 있겠다.

큰 고민 끝에 상하이 여행을 취소하였으며 개인 촬영을 시작했고 그렇게 한 달의 시간을 평창동에서 보내기 시작했다. 촬영을 시작하며 가장 큰 걱정과 두려움은 관심의 상처라고 생각했다. 하지만 어쩌겠나, 이미 살에는 마이크 선이 느껴지며 나를 찍는 수많은 렌즈가 함께하는데. 하고 싶은 이야기는 너무 가득하지만 말을 아끼고 또 아껴야지. 마음속 깊이 묻어야지.

평창동을 떠날쯤 쓴 글에 사람을 좋아하는 나는 역시나 값진 선물을 얻어 간다며 이야기했다. 방송이 시작되고 마법과 같은 관심은 환희와 독이 되어 내 삶에 파고들었다. 잡문 속 글에 나도 나를 모른다고 쓴 이야기가 있다. 사람들은 화면 속의 나를 보며 나를 판단했다.

“어쩔 수 없지 나는 아무것도 할 수 없어.”

생에 첫 경험이며 처음 느끼는 감정이다. 지금의 감정을 어떻게 표현하고 타인의 화살을 어떻게 받아야 하는지 몰랐지만 매주 금요일이 지나며 나는 조금씩 적응하게 되었다. 이때쯤 “역시! 인간은 적응 동물이야” 라고 궁시렁 거렸다. 물론 지금은 완전 적응 중이다. 한평생 내가 이런 관심을 받을 수 있을까 하는 생각을 했다.

상처 발린 관심은 웃으며 대처하기로 했다. 또 선한 관심은 가슴 깊이 생착시켰다. 선한 관심은 엄청난 감사함을 느끼게 한다. 그런 생각을 하기도 했다. 만약 저 화면에 내가 아닌 다른 사람이 있었다면 어떤 기분일까 방송이 끝나고 출연하지 않았다면 후회했을 듯하다. 방송을 통해 내게 관심과 사랑을 주신 분들께 감사하다는 말 진하게 하고 싶다.

정 말 감 사 합 니 다.

아무 탈 없이 안무작 '거인'을 마무리할 수 있어 동생들에게 감사했다. 많은 분들이 관심을 주셨고 첫 안무작에서 많은 관심과 응원을 받을 수 있어서 행복했다. 완성된 작품의 영상을 보며 나는 무대에서 춤을 출 때보다 더 행복을 느낄 수 있었다.

이 글을 보는 모든 여러분들과 나의 사랑하는 사람들 모두에게 2019년 고생했다는 따듯한 한마디 전하겠습니다. 오늘은 12월 31일에서 1월 1일로 숫자가 변하고 2019년에서 2020년이 되어 숫자가 하나 늘어나는 다리 같은 날이라 생각합니다. 저기 멀리 지나가는 2019년에게 인사를 하시고 저는 정면의 2020년에게 어서 오라 인사해야겠습니다. 새해에도 하고 싶은 거 다 하고 살겠습니다.

잡문을 작성한 지 5주년 되는 해입니다. 어떤 누구에게 잘 보이려고 쓰는 글이 아닙니다. 일기이거나 혹 기록 또는 메모입니다. 가장 자랑스러운 취미입니다.

긴 글 읽어주셔서 감사합니다.

마지막 인사를 건네겠습니다.

2019년 수고하셨습니다. 2020년 수고하세요.

답서

찬란한 태양이 계절을 강렬히 흘러내리게 만든다. 매끈한 결빙의 공기를 머금던 시간의 끝을 알리는 전보가 내게 전달되었다. 전보의 답서를 차근차근 써야겠다.

이곳은 노랗습니다. 또 움츠려있던 가슴팍에 온기를 덜어줍니다. 창백하던 도시를 여러 색으로 덮어주었고요. 한강을 지나던 어느 날 "이 도시에 이 커다란 강은 축복이야!" 흥얼거렸습니다.

아이들의 웃음소리는 짹짹거리는 참새 따위가 우는소리와 함께 입가에 미소를 만들어줍니다. 도시 곳곳의 공원은 활기를 떠고 있습니다. 당장이라도 전력 질주를 할 기세로 말입니다.

저는 요즘 와인을 즐겨 마십니다. 와인의 맛을 어느 정도 알았어요. 와인을 알게 해준 사람들에게 고마운 마음 담아 건배를 하기도 합니다. 어젯밤엔 싸구려 와인을 마셨습니다. 도무지 끝까지 넘길 수 없었고 그렇게 싸구려 와인을 버려두고 나왔습니다.

바다를 다녀오면 이 계절을 무사히 통과할 것 같은 기분이 들었습니다. 아마 우울함을 담지 않은 바다를 마주하리라 생각합니다.

길지 않은 답서의 마무리를 지어야겠네요. 아무쪼록 사랑하는 봄이 찾아왔습니다. 우리는 얼굴을 반쯤 가리며 맞이하겠지만 눈으로 사랑하는 봄을 볼 수 있음이 얼마나 다행인가요. 이렇게 조금은 답답한 봄을 맞이해봅니다.

'어쩔 수 없이 올해는.'

이렇게 전달하겠습니다. 아무쪼록 이 봄을 잘 보내시기를 바랍니다. 4월의 봄 답서를 마치며.

지나간 이야기들

흐릿하게 번져 남아있는 파편들은 먼지의 상태로 남아 가끔 나의 기억을 간지럽힌다. 어떤 사람은 아주 작은 손을 가지고 있었으며 그 색은 귤과 비슷했고 또 어떤 누구는 바다의 햇살처럼 아름다워 그 기억 그대로 남아있다.

너무나 어린 기억의 사람도 있었으며 사랑으로 인한 좌절의 고통을 준 사람은 어떤 밴드의 음악으로 남아있다. 어떤 사람은 스트레스로 남아있거나 아니면 그 사람의 사랑을 받았던 강아지로 남아있기도 하며 배울 점이 많았던 사람으로 남아있기도 하다.

이토록 여러 파편은 모두 하나의 매개체였지만 지금은 가끔씩 나를 간지럽히는 먼지로 남아있다. 앞으로 이 먼지는 더욱 쌓일 것이다. 그저 내가 바라던 단 하나는 건강한 관계일 뿐, 그 이상 그 이하도 아니다. 오롯이 우리의 시간을 건강히 만들 수 있는 순간을 기다리며 먼지를 털어낸다.

동대문에서 왕십리

그날은 가을을 보내며 그해 겨울을 맞이하는 그리 춥지도 따뜻하지도 않은 날씨였다. 우리는 혜화에서 공연을 보고 왕십리까지 한 시간 정도의 거리를 걸어갔다. 도시의 야경과 함께 천천히 아주 천천히 걸었다. 아마도 빠른 내 걸음은 너의 걸음에 맞추어 아주 천천히 그 속도를 줄였을 것이다.

함께 있는 이 시간은 중요한 시간이라 생각했기에 끊이지 않는 나의 이야기를 시작했다. 너는 그런 이야기를 아주 고맙게도 열심히 경청해주었지. 서울에 살다 안산에 내려간 이야기. 지금의 선생님을 만나 무용을 시작한 이야기. 나의 얼굴도 모르는 친구들의 이야기. 졸업을 하고 나의 계획은 어떻고 보이지 않은 미래의 이야기 그리고 우리의 미래까지.

지금 걸어가는 오늘의 시간이 있기까지 모든 이야기를 구구절절 쏟아냈다. 나의 구구절절은 닫혀있던 마음의 문이 열리는 순간이 되었다.

그때는 들려주고 싶었다고 말하고 싶다. 그리고 당시에는 그래야만 했다는 마음도 알아주길 바랐다. 길고 지루했던 나의 이야기들은 아마도 나를 알릴 수 있는 유일한 방법이라고 생각했기 때문이다.

지금 생각해 보면 이제는 그때만큼 누구에게 솔직해질 수 있을까 싶다. 나의 이야기를 쉽게 얘기해 줄 수 없을지도 모른다고 생각하지만 그럼에도 불구하고 언젠가 들려줄지도 모르겠지만, 그때 나의 이야기를 누군가가 듣는다면 부디 잘 경청해달라고 부탁하고 싶다.

약간 지루하기도 하겠지만 그 지루한 이야기가 지금의 나를 만들었으며 그 이야기가 당신이 보고 있는 현재의 내 모습의 과정이었다고 말하고 싶다.

우리들의 일그러진 시간 속에서

가끔 그런 생각이 내 머릿속 깊이 잠식한다. 현재 시간이라는 개념 위에서 우리는 시간을 사용하는 게 아니라 허비하는 것이라고. 그래서 이 글에서 "가끔" 으로 시작하는 순간은 1분 1초가 지나 이미 과거가 되어버렸다. 이 글을 만들어가는 시간마저 시간을 허비한다는 생각이 들게 된다.

제발, 시간을 허비하며 살지 않길 기도하고 또 기도한다. 이 또한 다 이유가 있고 의미가 있는 시간이길 바란다.

때로는 내가 사용하는 감정이 방관 되어버렸을 때 내 감정은 상실의 상태가 되기도 한다. 길거리에 찌그러진 담배꽁초처럼 쉽고 빠르게 쓸모없어지는 그런 타버린 존재처럼 말이다.

때로는 한순간에 이런 감정이 생기며 흐려지는 과정 없이 오롯이 상처의 결과만 있다. 이 감정은 오직 스스로 느끼고 상처를 만들며 혈흔이 남아 붉어지기도 하고 기쁨이 되어 추억으로 남기도 한다.

어떤 책에서 추억에 관한 말을 보았다.

"여기서 이 추억에 감정을 빼면 기억이 된다고 한다."

다행히 지금은 추억이 가득한 삶을 살고 있는 것 같다.

더 이상 찾지 않아

위로받고 싶어서 위로 되는 글을 찾나 보다. 공허함이 우울과 슬픔보다 더 무서울 수 있다고 생각한다.

온전하지 못한 나의 마음을 위로받기 위해 "위로" 가 한가득 담긴 책들을 찾아 읽었다. 하지만 순간의 위로만 있을 뿐 나의 정신과 육체적인 고통은 그대로였다. 순간의 자기 위로는 되었지만 길지 못했다. 지금의 나는 위로가 필요할 때 위로 가득한 책을 더 이상 찾지 않는다.

안개를 덮은 강에서

새벽녘 차가운 서리가 내렸다.

눈을 감을 수 없어 바라본 한강의 물결은 따뜻함을 덮고 숙면에 취한 아이 같았다. 아마도 새근새근 이라는 표현이 적당했다. 강가를 포개던 안개는 마르지 않은 입술 같았고 사람들이 버리고 간 쓰레기를 뒤적이는 비둘기 떼는 오늘도 살아보겠노라 열심히 머리를 흔들며 먹이를 찾았다.

“저렇게 먹으면 머리가 아플 거 같아!”

그래도 살아보겠다고 흔들거린다. 우리마저 저런 모습일까.

한철의 여름에 착석했다. 뜨거운 태양 아래 푸른 여름을 보내며 한철 여름보다 더 짧은 가을의 이 시간에 다시 와야겠다고 아니 오겠다고 두세 번 생각했으며 그때는 좀 더 취해서 오겠다고 조용히 약속했다.

이 시간을 마치며 다시 뒤돌아본 오늘의 강은 조금 울적했다.

활력의 가을

확연히 달라진 아침 공기 덕분에 알 수 있었다. 유난히 뜨거웠던 여름과 다르게 바람은 편안의 가을을 데리고 오고 있었으며 초록빛 가득했던 나무들은 어느새 주황빛 띤 단풍이 되어 바람에 춤을 추고 있었다.

올가을을 얼마나 기다렸던가. 초록빛으로 덮고 있던 나무들은 이제는 노랗고 저기는 주홍빛 물들고 있다. 아침이며 저녁이고 쌀쌀한 날씨가 온몸으로 느껴진다. 계절에 변화와 함께 많은 이들에게 가을 안부를 물을 것이다. 날씨가 쌀쌀해지니 얇은 재킷도 하나 정도 챙기고 따뜻한 물을 많이 마셔야 한다고 이야기할 것이다.

사랑하는 가을이 왔다. 요즘은 글 쓰는 시간이 더욱 값지게 느껴지며 그 시간이 빠르게 지나간다. 산문을 써야겠다는 생각이 떠나지 않는다. 그래서 쓰고 고치고 반복하니 글 하나가 만들어진다.

여기서부터 시작이라고 했던가 하루키가!

물개 박수치는 인생

오늘은 보통의 날과 다르게 벽을 보며 눈을 뜨기 시작했다. 시끄럽게 울리는 알람을 몇 분 간격으로 맞춘 지난밤 깨고 자고를 반복하고 나서야 침대에서 일어날 수 있었다. 이미 집안의 공기는 가을을 떠나보냈으며 겨울이 찾아와 있었다. 공기가 차갑다며 창문을 살짝 열고 잤다가는 분명히 출근길 지하철에서 코를 훌쩍였을 것이다.

오늘도 여전한 패턴으로 시작을 했다. 잘 잤냐며 선잠에 빠져있는 뚜비와 뚜둥이에게 인사를 하고 괜히 얼굴을 톡톡 쳐주고 하루를 시작한다.

겨울 공기는 여름과 다르게 담배 냄새를 유독 더 짙게 만든다. 전철역 앞 카페에선 얼어 죽어도 아이스 아메리카노라며 커피를 주문한다. 커피를 받고 차가운 기운이 내 몸으로 전달되는 순간 하루의 시작을 느끼게 된다.

각자 다른 곳을 향해 가는 사람들. 도착지를 위해 함께하는 아침. 지하철 여행의 동반자들이라며 궁시렁 궁시렁 모두 살아보겠노라 살아가겠지.

쉽게 자리에 앉는 날에는 'Glenn Gould- Aria'를 반복 재생 후 책을 편다. 한 시간 정도 책을 읽고 사람들과 연락을 주고받고 나면 신설동역에 도착하고 3번 출구로 나가면 서브웨이 빵 냄새가 코끝을 때린다. 하지만 오늘은 돈까스!를 외치며 사무실로 들어간다. 청소를 시작하고 일을 시작한다. 점심을 먹고 또 일을 시작한다. 여차여차 피곤함을 들고 퇴근 후 집에 오면 쓰러질 것 같지만 또 신기한 게 잠이 오지 않아 책을 읽거나 핸드폰을 하거나 그림을 그리거나 노래를 듣는 시간을 보내며 하루를 마무리한다.

이렇게 보면 보통사람인 나의 보편화된 하루의 줄거리인데 하나하나 적어 내려가 보니 얼마나 행복하고 만족스러운 삶을 살고 있는지 알 수 있다. 또 롤러코스터를 타고 있던 요즘 감정들 따위 모두 잊을 수 있는 24시간을 살아갈 수 있는 사람이라는 사실에 감격하고 감사하다며 물개박수를 보낸다.

오늘 하루도 나는 참 행복하게 시간을 보냈다며 현재 시각인 오늘은 어제가 되어버린 내일이 되었다고, 그래서 이제 오늘이니 오늘도 힘내야겠다고 생각해본다.

그 남자와 낡아버리는 것들

어느 밤. 아니, 오늘 밤. 낡아버린 것들에 대해 내 두 손은 빠르게 자판을 두들긴다.

"지금은 낡아버린 시간에 대하여 이야기하고 싶어."

불과 며칠 전 새해 인사와 변함없는 똑같은 하루가 지났다며 글을 썼다. 올해의 생일은 낡아버린 하루가 되었고 그렇게 몇 주의 시간을 보내며 오늘의 밤이 되었다.

첫 번째로 낡아버린 시간에 대하여 작성했다. 글을 쓰는 와중에도 1분 1초가 지나 벌써 낡아버린 시간이 되었다. 지나간 시간을 되돌아보며 뒤늦게 성찰하고는 한다. 성찰이 맞을까 아니면 깨달음이라 적을까? 어둠 속 고장 난 손전등처럼 무용지물 돼버린 지나간 시간을 바라본다. 낡아버린 시간에 대하여 입이 마르고 터지도록 이야기할 수 있지만 그만 마침표를 찍어야겠다. 낡아버린 시간은 소멸한다. 되돌릴 수 없는 낡아버린 시간 앞에서 지금도 낡아버릴 시간 앞에서 오늘 밤, 내 시간은 계속 낡아지고 있다.

나는 책을 팔지 않는다. 하지만 중고 책을 구매한다. 누군가의 사랑을 받으며 누군가의 시간을 책임졌던 종이 냄새 가득한 낡아버린 중고 책을 읽으면 과거의 사람과 만나는 기분이 든다. 새 책 냄새가 아닌 낡아 버린 냄새가 좋은 것일까 아니면 중고라는 이름이 품고 있는 나름의 감성과 분위기 때문일까. 상태가 좋은 중고 책은 새 책 부럽지 않다.

나는 신나서 밑줄을 그으며 쭉쭉 읽어 내려간다. 누군가의 사랑을 받았던, 누군가 시간을 할애하며 자신만 바라보게 했던 중고 책이 이제 새 주인을 만나 더는 떠돌아다니지 않아도 되는 낡아버린 책이 되었다. 낡아버린 나의 중고 책. 내가 낡아가면 너희도 더 낡아간다.

낡아가는 그 남자에 대하여.

그 남자는…. 하고 여러 칭찬과 자화자찬의 글을 쓰고 지웠다. 그 남자는 '나' 이기 때문에. 나름 분위기 좀 잡아보려고 낡아가는 그 남자에 대하여 라는 말로 글을 시작했다. 뭐, 항상 분위기로 시작해서 분위기로 끝나는 글이 가득하지만.

몇 년 전, 모델로 활동했던 지금의 내가 일하는 회사에 수많은 모델 샷을 보며 추억 여행을 떠났다. 결국 돌아오는 길에 인스타그램에 사진을 하나 올렸다. 딱 이십 대 초반의 내 모습. 감성에 젖어 그만 추억을 팔아 좋아요를 받으며 웃었다.

'벌써 후반이구나. 시간이 많이 지났구나.'

위에서 말한 것처럼 낡아버린 시간 덕분이다.

마침 친한 동생이 내게 물었다. 왜 이제는 하지 않냐고. 나는 말했다.

"하고 싶어도 못 하는 거야 낡아서."

낡아버린 시간 앞에 내 모습조차 낡아진 것이다. 거짓말이지만(사실 외국인 모델을 쓰기 시작했다.) 하지만 낡은 것도 사실이다. 늙었다고 말해야 하는데 "나는 낡았어." 라는 표현을 썼다. 아직 늙었다고 말하고 싶지는 않다. 그냥 낡았다고 할래. 이십 대초 보다 그냥 조금 낡았을 뿐이다.

최근에 내 건강을 생각해주는 사람들이 생각보다 많았다. 낡아서 아파 보이나. 나는 걱정하는 사람들을 보며 걱정했다. 나는 아직 건강한데 내 건강에 걱정 근심을 하다니 감사하지만 걱정됐다. 나라는 사람에게 그런 감정의 시간을 소비하다니. 하지만 내심 기분이 좋고 감사했다. 나는 이십대 초반의 나와 다르게 낡았지만 아직 건강하다. 그냥 주름이 전보다 좀 늘었다는 사실과 생기 가득했던 피부가 조금 낡아졌다는 현실. 하지만 아무 문제 없다. 이렇게 나의 낡음에 관하여 끄적인다.

패션의 완성은 신발이야 말하며 신발을 수집했다. 엄마는 한숨을 내뱉으며 항상 잔소리를 했다. 신발장에 가득한 내 신발들을 보며 이건 얼마니? 저건 얼마니? 돈은 언제 갚니? 이런 말을 한다.(미안해 엄마. 돈은 천천히 꼭 갚을게….)

"왜 돈이 자꾸 없는 거지?" 하면 엄마는 "네 신발들 보고 이야기해." 한마디 한다. 나는 "신발은 신발이고…." 하며 "엄마 저기 앞에서 우회전해야 해!" 로 대화의 주제를 돌린다. 우리 집 신발장에는 낡은 신발들이 가득하다. 어쩌다 신발을 좋아하게 되어 신발을 모으며 살았을까. 나의 낡은 신발들.

지금까지의 글들은 내 낡은 노트북으로 작성했다. 벌써 이 친구를 만난 지 2011년 그러니까 벌써 2020년. 9년의 긴 시간을 함께했다. 고등학교 졸업 선물로 받았으니. 인연이 참 길구나.

뚜둥이가 뜯어 버린 두 개의 자판이 고무를 내밀고 있다. 나의 2011년의 추억부터 작년의 추억까지 가득 담겨있다. 내 친구들의 과거가 가득히 있는(친구들이 두려워하는 나의 맥북) 아직 음악 작업을 할 수 있고 글도 쓸 수 있을 정도의 생명력을 가지고 있는 나의 낡은 노트북에게 올해도 잘 부탁한다며 네가 나중에 고장나 버린다면 고치지 않고 잘 보내줄게. 라고 얘기해본다. 나의 추억 상자 일련 번호 CXXXXXXXXXX. 낡아버린 구형 맥북 안녕.

이 글을 마칠 때 나의 시간은 또 다시 몇 시간의 낡아버린 시간이 되었다.

폭식

며칠을 폭식하듯 글을 써 내렸다. 그런 순간이 있다. 메모장을 그냥 쭉쭉 읽으며 써내려가는 글들. 이러한 폭식의 시간이 끝나면 정적의 시간이 찾아온다. 자리에 앉아 글을 쓰려고 해도 시작을 못 하는 것이다. 오늘 '며칠을' 이란 이 세 글자가 나오기까지 며칠의 시간이 걸린 것인가.

강박에 시달려 글을 쓰지 않겠다고 스스로 약속했다. 그래서 며칠을 못 써도 조급하다거나 압박감이 들지 않는다.

어떤 사람들은 질문한다.

"왜 조급하지 않아?"

"글을 꾸준히 써야 하는 거 아니야?"

글을 쓰기 시작하면서 스스로에게 약속한 것이 있다. 어떤 압박과 조급함을 가지고 글을 쓰지 않겠다고. 글을 쓰는 순간이 행복하다. 행복함을 느끼는 가장 큰 이유는 내게 글쓰기라는 것은 즐길 수 있는 행위이기 때문이다.

며칠을 폭식하듯 글을 쓰고 정적의 시간이 오면

"글이 안 써지네?"

"또다시 정적의 시간이 찾아왔구나."

그러다 자리에 앉아 단어를 배열하기 시작한다. 그럼에도 불구하고 글이 써지지 않는다면 그냥 포기한다. 새로운 글을 위한 내일이 오니까. 나는 오늘은 그냥 편안히 잠을 자면 된다.

오늘은 글쓰기를 폭식했다. 마음이 배부르다.

정답을 알고 있지만

우리가 생각하는 고민들은 항상 정답은 어느 정도 정해 놓고서 본인이 생각한 정답이 불안하니까 타인에게 고민의 방향을 질문한다.

이미 정답은 처음부터 정해져 있으면서 단지 확인을 받고 싶을 뿐 타인의 말은 큰 도움이 되지 않는다. 처음부터 변할 생각이 없는 고민. 처음부터 변하지 않는 정답이 있는 고민.

정답이 있는 고민을 갖고 사는 우리의 세계는 참 작다.

그들은 아주 얄밉게 찾아온다

살면서 가장 괴로웠던 순간은 언제였을까? 괴롭다는 의미는 사람마다 다르겠지.

내가 생각한 괴로움은 인간에게 받은 배신감과 상실감이라고 생각해. 살면서 어느 정도 타인에 의한 괴로움은 견디고 이겨낼 수 있다고 생각했는데 믿었던 사람들에게 겪은 배신감은 인간 상실이 되어 내게 정신적으로나 신체적으로 고통스럽고 괴롭게 만들더라고. 이겨낼 수 있다고 생각했는데 쉽지 않았단 말이야. 내게 묻은 괴로움은 시간이 지나 나를 괴롭히는 잔상으로 남아 훗날 새로운 관계를 맺을 때 걱정으로 찾아오며 나를 이런 생각이 먼저인 인간으로 만들었지.

"네가 상처받을 거 알지만."

내가 받을 상처를 알고 있지만 그렇게 행동했던 사람들 꽤 있었더라고. 괴로움의 반복으로 나를 죽였던 사람도 있었고 부족함을 채우기 위한 노력을 짓밟았던 사람들도 있었으며 내가 받는 사랑을 시기하고 질투했던 사람들까지 존재했어.

이런 사람들의 선택으로 왜 큰 상실감을 느끼며 괴로웠을까 생각했을 때 이들은 모두 내 삶에 생착하여 살아있던 사람들이더라. 내가 안으며 내 사람들이라고 말했던 사람들이더라.

바라지 않고 품었던 사람들이며 이들을 위해 헌신했는데 내 헌신은 그들에게 당연한 이유가 되었고 그들은 내 위에서 군림했던 거야.

나의 상황을 모두 당연시 생각했던 것이지. 그렇게 그들의 이기적인 태도는 내게 괴로운 순간을 안겨주었으며 그 괴로운 순간들은 나를 괴롭히는 잔상으로 남아 여전히 내 주위를 서성이며 가끔 찾아와 툭 툭 찌르고 가버려.

이것도 그들을 닮았더라고.

아주 얄밉게. 진짜 얄밉게 얄밉게.

If you lik
way you lo
much, you
and fuck

나는 네 이름의 단어를 싫어하게 되었다

덕분에, 최악의 순간 미련한 생각과 행동을 만날 수 있었고 삶에서 가장 슬프게 울며 대성통곡할 수밖에 없었다. 다양한 색깔로 가득했던 내 세상은 검은색 어둠으로 온통 덮였으며 아무것도 볼 수 없는 세상을 경험했다. 파괴당한 내 세상을 새롭게 짓고 견고해지기까지 꽤 오랜 시간이 걸렸다.

덕분에, 꽤 긴 시간 동안 나의 글들은 부정적인 형태로 나를 대변했고 내 자식과 같은 글들은 내 고통의 기록이 되었으며 애증이 되었다. 여전히 기록돼 있는 글들은 최악의 삶 속에서 우러나온 나의 존재 그 자체가 되어 남았다.

덕분에, 나는 바다를 더 사랑하게 되었고 시간이 지나며 사랑하는 방법이 서툴어졌다는 사실을 알았지만, 다행히도 사랑하고 받을 줄 알았던 나는 금방 서툶에서 벗어날 수 있었다. 사랑을 덜 믿겠다고 다짐했는데 사실 나는 그런 사람이 못 되더라. 다시 또 사랑에 빠지고 열렬히 사랑하고 또 사랑하더라. 결국, 나는 그런 사람이더라.

덕분에, 다시금 고통의 시간이 찾아온다면 나는 현명하게 대처할 수 있다고 믿는다. 방법을 알았기 때문이다. 어렸던 나에게 그런 고통은 처음이라 대처 방법을 몰랐을 뿐이었지. 그래서 망가지고 무너진 거야. 다시 경험하고 싶지 않지만 단 한 번의 경험으로 나는 완벽히 대처 방법을 터득했고 이따금 삶에 경험이 중요하다는 사실을 깨달았지.

덕분에, 나에게 없었던 증오와 분노를 볼 수 있었던 시간이 되었고 나도 이런 감정이 있는 사람이라는 사실을 알 수 있었지. 내 삶에 최악의 사람이라는 딱지가 붙어버린 사람에게, 그렇게 나는 네 이름의 단어를 싫어하게 되었다.

덕분에, 사랑의 크기가 클수록 고통은 비례한다는 사실을 알게 되었지.

실수와 반복 그럼에도 다시 실수와 반복

인간을 사랑함에 있어 중독이라는 단어가 연관될 수 있다는 사실을 알았다. 그 중독의 끝은 감당하기 어려운 고통이라는 사실도 깨달았으며 그 끝은 나를 파괴하고 또 고약하며 고통스러운 악취를 동반한다.

한 시절이 낡아 부식되었다.

우리가 연결되어있던 시절은 몇 년이란 시간이 지나며 죽은 이를 보내는 흐르는 강의 물처럼 결국 사라졌다. 그렇게 흘러가는 물줄기를 보며 또 다른 중독이 언젠가 찾아오겠지 입술을 구겼다. 다음 결말은 빠르게 눈치 챌 수 있으리라.

자비 없던 고통을 또 스스로 찾을지도 모른다. 한 인간을 사랑하며 중독될 수 있는 마음을. 이 중독의 끝이 눈물 콧물 질질 흘리며 고통스럽다는 사실을 알고 있음에도 불구하고 또 다시 찾을 것이다.

동시에 끝없는 자멸과 혐오를 챙겨온다는 사실도 알고 있다. 차라리 오지 않았으면 좋겠다고 빌고 있는 위선적인 나를 보지만 결국 같은 상처를 또 반복하려 하겠지. 또 눈물 콧물을 질질 흘리면서 말이야.

버스 창가에 앉아
한강을 보며 길을 찾는
이 시절에 살고 있는 이에게

버스 창가에 앉아 한강을 보며 가끔 넋 놓고 있는 나를 본다. 정신을 차리고 다시 눈을 뜨면 한강이 아닌 창문에 비친 내 얼굴이 보인다.

어쩌다 지금의 내가 되었을까. 나는 어떤 길을 밟으며 지나왔을까. 청춘이라는 큰 제목 속 나는 어떻게 시간을 보내왔을까.

올바른 길만 걸어간다고 생각했는데 길을 잃어버린 적이 한두 번이 아니다. 다시 돌아가야 했던 길은 꼬불거리는 미로 같았고 그 길 속에서 허우적대며 맨정신으로 걸을 수 없던 순간들이 가득했다. 다행인 사실은 길을 잃는 모습이 나만의 문제가 아니라는 것이다.

언젠가, 이런 문장을 보았다.

“젊고 아름다운 시절에는 누구나 길을 잃는다.”

맞아, 이 시절엔 누구나 길을 잃는다.

그럼에도 우리는 젊기 때문에 다시 방법을 찾을 것이며 금방 올바른 길을 찾을 것이다.

나를 좋아하지 않는 사람에게

글월 올립니다.

받는 이 나를 좋아하지 않는 사람에게

안녕하세요. 나를 좋아하지 않는 사람.

모든 사람이 나를 좋아할 수 없겠지만 그래도 좋아하는 사람들이 더 많은 것 같습니다. 그럼에도 불구하고 아주 가끔은 궁금합니다. 나의 어떤 모습을 싫어하는지 말이죠.

하지만 나를 싫어하는 사람에게 하나하나 맞추어 살려면 제 삶이 없어지겠죠. 좋아해 달라고 하지 않겠습니다. 이후로 묻지도 않겠습니다. 다행히도 당신 같은 사람들보다 나를 좋아해 주는 사람들이 더 많기 때문입니다. 이런 관계가 가득해서 저는 참 다행입니다.

잘 살았으니 말입니다. 나를 좋아하지 않는 사람을 위해 나는 변하지 않습니다. 그럴 이유가 없다고 생각이 들어요. 나를 좋아해 주는 사람들에게 맞추는 내 삶이 더 윤택하고 더 가치 있게 느껴집니다. 그러니 좋아해 달라고 말하지 않습니다. 그냥 그렇게 남을 싫어하며 살았으면 좋겠어요. 남는 게 뭔지 모르겠지만! 그런 마음을 가지고 있는 사람과의 시간은 저도 싫더라고요. 함께 하는 시간은 견딜 수 없습니다. 답답합니다. 머리가 아프기도 합니다.

나를 싫어하는 사람이라면 저를 조용히 싫어해 주셨으면 좋겠습니다. 딱히 반응하지 않으렵니다. 그러니 티 내지 말아주세요. 조용히 싫어해 주시면 감사하겠습니다.

저는 딱히 싫어하는 사람이 없습니다. 맞지 않으면 만나지 않으면 됩니다. 자리가 불편하면 가지 않으면 됩니다. 굳이 싫어하거나 마음에 맞지 않는 사람과의 시간을 보낼 필요가 있을까요. 어쩔 수 없는 상황에서는 견디는 순간이라고 생각하지만 삶에 그럴 필요 없다고 생각합니다. 우리의 시간은 충분히 좋은 사람들과 좋은 대화로 가득히 만들어 갈 수 있는데 말입니다.

행복한 순간을 즐겼으면 좋겠습니다. 우리는 행복을 누릴 수 있는 그런 자격 있는 사람들이니까요. '나'를 싫어하는 사람을 만나며 시간을 낭비하지 않았으면 좋겠어요.

나를 좋아하지 않는 사람에게

계속해서 저를 좋아하지 않았으면 좋겠습니다.

마음의 변화가 온다면 저는 불편할 것 같아요.

당신 말입니다. 그러니 저를 계속해서 싫어해 주세요.

다른 이름으로 저장

결국 사람들은 자신의 마음과 기억 속에 남은 상황들을 정답으로 답을 내린다. 행복하거나 슬프거나 아니면 부끄럽거나 파렴치한 상황이라도 결국 어떤 상황이든 마지막으로 남은 기억들이 정답으로 남는다.

나를 눈물 콧물 쏟게 하던 사람의 기억은 고통의 기억으로 정답이 되었다. 존경심 가득했던 스승의 한 마디 기억은 감사함의 정답으로 남아있다. 나를 배신한 사람의 칼날도 결국 배신감이라는 감정의 정답으로 남았다. 나를 버리며 사랑을 퍼부었던 사람과의 관계가 끝을 본 순간 그 사랑은 나를 버린 사람으로 정답이 되었다.

나도 모르게 타인에게 가한 상처는 나는 기억하지 못한 가해자로 남게 하였다. 그렇게 수많은 기억을 저장하며 살아가고 있다. 앞으로 많은 상황과 기억들은 내게 정답이 되어 남을 것이다. 이 정답들은 나의 삶을 온전한 방향으로 이끌 수 있는 요소들이 될 것이고 오늘은 마음 아픈 기억을 정답으로 담은 밤을 보낸다.

그럼에도 사랑하기 때문에

조용하지 못한 하루가 끝났다.

오늘은 창문을 활짝 열어두고 테라스 밖에서 들리는 고요한 파도 소리와 함께 잠에 빠져들었다. 행복과 불안함이 동시에 밀려오는 기분이랄까. 이런 내 기분을 알지 못하는 파도는 잔잔히 또 잔잔히 출렁이지만 그 소리는 잠 못 드는 나를 재우는 자장가 같았다.

늦은 새벽 줄 담배와 떠나보낸 오늘의 소란은 알레르기 같았으며 불현듯 과거의 나를 만날 수 있었고 딱히 큰 불안은 아니지만 행복보다 불안이 더 큰 우리의 소란은 다행히 잔잔한 파도와 함께 잠이 들었다. 조용하지 못한 하루였다.

아침 일찍 테라스에서 마주한 파도는 거칠고 시원했다. 첫 담배와 함께 어제의 불안을 떠나보냈으며 알람이 울린 핸드폰을 보며 오늘은 불안감보다 행복이 더 큰 하루가 될 기분이 들었다.

낭만의 파리지앵

형준아, 그날을 아직도 기억해 몽생미셸에서 세상의 아름다움을 다 느껴버리고 파리에 밤늦게 도착했잖아. 아름다움이라는 수식어가 붙어도 문제없다는 몽생미셸과 오전에 잠시 머물렀던 옹플뢰르의 항구와 건물들까지 여전히 강렬히 남아있어 피로를 가득 범벅이고 자정쯤 개선문에 도착했을 때 핸드폰이 다 죽었었잖아.

주황색으로 가득한 파리의 마지막 밤 오롯이 그 밤을 위해 우리 걷자고 이야기했지. 넌 한 치의 고민 없이 나를 믿는다며 터벅터벅 따라오더라.

그 발걸음 소리가 나를 안심시켰어. 안심의 끝에 나는 길눈이 밝아 참 다행이라고 생각했지. 그 밤, 파리에서 숙소까지 걸어서 갈 수 있다는 자신감이 넘쳤거든. 그리고 둘이 함께라면 괜찮은 여행이라는 생각이 들었지 뭐야. 우리가 낭만 가득했던 시간 속에 함께라서 다행이었지.

피로 가득한 몸을 이끌고 얼마나 더 걸릴지 모르는 여행은 지금 생각하면 괜찮은 모험이었다고 생각해. 결국 파리의 좋은 추억으로 이렇게 남아 있잖아.

숙소 앞 공원을 지나면 큰 햄버거 광고판 중간에 들렀던 화장실. 테이블이 쭉 있던 카페 술 취한 할머니가 우리에게 내뱉은 불어까지 군침 돋게 했던 피자간판 그리고 자동차 회사까지 큰 오거리를 지나 그때 보이던 에펠과 공원. 그 순간들을 다 기억해.

트로카데로 광장까지 걸어서 갔고 개선문과 실망스러웠던 샹젤리제 거리 자정을 넘긴 파리의 마지막 밤 우리는 그 길을 구글맵 없이 찾아야 했잖아.

"야 내가 베를리너 넌 파리지앵 해."

유치하지만 그 순간의 파리를 더 파리같이 만들 수 있었던 대화들 너는 인생 나름의 낭만을 찾는 몽상가들이었다고 이야기 하려나.

개선문을 지나 왼쪽 대각선으로 올라가는 골목에서 태운 담배가 아직도 기억에 남아. 마치 영화 속 주인공들처럼 말이야. 잠시 머무른 파리에 우리는 골목대장처럼 걸었지. 너랑 나랑은 이런 코드가 잘 맞는 거 같아 다행이야.

끊임없던 대화를 나누다 트로카데로 광장에 도착한 기분이 들었어. 왜냐하면 저 앞 펍을 기억해. 영찬이와 호연이 그리고 너와 내가 첼시 경기를 보며 맥주를 마신 펍이거든. 우리는 금방 에펠에 도착했고 마지막 에펠을 보겠다며 목적지인 숙소를 잊은 채 한참을 바라보았고 이 도시에 에펠이 없다면 어떤 기분일까 이야기하며 천천히 에펠에 가까워졌지. 마지막 에펠을 사진으로 담지 못해 아쉬운 마음이 크다며 한숨을 내뱉었었어. 동시에 조용하던 너는 엉뚱한 곳으로 가야 한다 말했어.

"아니야, 나를 믿어. 이곳으로 가야 해. 지금까지 완벽했잖아."

내 말 한마디에 웃으며 따라오던 너. 이 길이 맞길 바라며 노심초사하던 나.순간 피자집이 나왔고 술 취한 할머니가 있던 카페가 등장했지 저기 화장실! 마지막 햄버거 간판에서 좀 갈팡질팡했지만 숙소 주변의 모습이 내 기억을 활발하게 만든 탓인가, 우리의 야간 산책은 파리의 마지막 여행을 모험으로 만들었고 우리는 모험의 끝에서 피곤함과 잠을 교환하며 파리의 마지막 밤을 세상 제일 달달한 잠으로 보냈어.

베를린에 돌아와 소연이와 예슬이에게 넌 내 별명을 소개했지. 구글맵 아닌 구글무 라며. 나는 계속해서 얘기하라고 손짓했지. 친구들에게 작고 재미있던 모험의 무용담을 이야기하라며 질릴 때까지 말이야.

가끔 주변인에게 길을 잘 기억하고 잘 찾는다며 예시로 이 이야기를 헤. 특별하고 재미있잖아. 너와 내가 기억하는 파리의 밤이 존재한다는 사실과 낭만 가득한 삶을 살겠다는 남자들의 모험이라며.

근데 요즘 연락 뜸하더라.

춘천

살을 태우는 태양과 춘천의 산들바람은 내게 선물을 주듯 평온한 시간을 만들어 주었다. 고소한 동네의 냄새는 과거 양계장이 가득해 유명해진 춘천 닭갈비를 더욱 정겹게 만들었고 바로 옆 상점은 LP가 돌아가며 타인의 추억이 묻은 과거를 파는 상점으로 기억에 남았다.

시원한 커피를 한 잔 마셨고 천천히 읽고 있는 심보선의 책을 다시 폈으며 그곳을 떠날쯤 방명록에 짧은 문장을 남기며 나왔다. 아마도 '추억을 고스란히 남기며'라는 글로 기억한다. 춘천의 거리를 느끼겠다며 뜨거운 태양 아래에서 계속 걸었고 공지천의 나무와 새 그리고 흐르는 강을 만날 수 있었다.

오늘은 7년 전 춘천을 기억하게 만들었다. 그때의 춘천도 이런 만남으로 기억한다. 축제가 진행 중인 공원에서는 열 명 남짓한 관객 앞에서 무명 래퍼가 소리를 지르며 랩을 하고 있었다. 다소 민망한 조명과 관객의 수였지만 그에게서 프로의 무대를 볼 수 있었으며 그 래퍼는 아마 한 명의 관객만 보고 있었어도 그런 열정을 보여주었을 거라 믿는다.

상상마당의 장면은 가족의 따뜻함과 연인들의 사랑으로 가득 묻어 있었다. 맥주와 빵을 먹었으며 장애인 작가들의 전시를 볼 수 있었다. 특별함이 가득한 그들의 색은 감탄을 토하게 만들었고 그중 어느 작가는 신동민 작가의 색감을 생각나게 했다. 상상마당에서 느낀 여유는 휴가 마지막 날의 여유를 더욱 행복하게 만들었다.

오늘을 보내주겠다며 노을을 보기 위해 스카이워크로 향했다. 관광지답게 가족과 연인들이 가득했다. 노을과 멀리 보이는 북한강과 산들의 절경 그리고 다른 명도와 색감의 자연은 다시 만날 수 없는 2019년 8월 18일의 일요일 올해 춘천을 더욱 아름답게 만들어 주며 내 마음속 깊이 자리 잡았다.

어쩌면 올해가 지나기 전 강원도의 어떤 도시를 또 갈 수 있겠구나 싶었다.

3장

제가 할 수 있는 건 아무것도 없었어요

해드릴 수 있는 말이 없어 죄송합니다

'어떤 글이 읽고 싶으신가요?' 라는 질문을 했다. 질문에 응답해 주신 분들께 감사하다는 말을 하고 싶다. '자존감' 에 대한 이야기를 많이 해주셔서 자존감을 검색해보았다.

"자존감이 낮아요."

"자존감 높이는 방법"

여러 질문들이 쌓여있었다. 자존감을 높이는 방법? 나는 질문에 답을 할 수 없었다. 사실 자존감에 대하여 생각하며 살아 본 적이 없었다. 이런 내가 그들이 원하는 자존감에 대한 정답을 말할 수 있을까?

현재는 나를 사랑할 수 있는 사람이다. 자연스럽게 이런 삶을 살고 있다. 나는 다른 사람에게 사랑을 줄 수 있는 사람이다. 나는 내가 하고 싶은 것을 한다. 행복한 일 을하고 내가 좋아하는 사람들과 함께한다. 비록 싫어도 해야 하는 일들이 있지만 해야 하는 일이기 때문에 매번 마무리를 지으려 한다. 그래야 탈이 없기 때문이다.

자존감에 대하여 어렵고 힘들게 생각하는 사람들에게 조언의 글을 쓸 수가 없다. 그들의 마음을 이해하기 어렵기 때문이다. 내가 뭐라고 말할 수 있을까. 자존감에 대한 여러 책들이 있다. 비슷한 종류의 책들을 읽어봤지만, 납득이 가지 않는 부분도 있었고 공감했던 부분도 있었다. 하지만 그 책들은 내게 답을 줄 수 없었다.

잠시였지만 공감 가는 부분이 있기 때문에 기분이 좋아지는 시간이었다고 생각한다. 하지만 그런 글들은 정답이 아니라고 생각한다. 그리고 이 글 또한 그런 글이라고 생각한다. 그저 나를 사랑하고 내가 행복할 수 있는 일을 하며 좋아하는 취미를 하는 것이 내 삶을 만족하고 행복하게 만들 수 있지 않을까? 그렇게 지내다 보면 자존감이라는 것을 신경 쓰지 않으며 살 수 있지 않을까?

감히 내가 타인의 자존감에 대하여 말할 수 있을까 싶다. 말할 수 없는 이유는 나와 다른 삶을 사는 사람이라는 이유가 가장 크기 때문이다. 같은 시간 속에 살아가지만 '나'를 이루는 것은 다르다. 타인의 자존감에 대하여 위로해 줄 수 없다고 생각한다. 타인의 자존감을 위로하는 순간 나는 그들이 느낄 찰나의 순간을 훔치는 도둑이 될 것 같다.

傍白

저기요.

스스로에게 질문을 계속하고 있습니다. 조금은 소란스러운 시간을 보내는 거 같아요. 과거에도 여러 번 있었는데 결국 돌고 돌아 또 찾아왔습니다. 예전에는 방법을 찾아 곧잘 해결했는데 이번에는 조금 어렵습니다. 왜 그럴까 질문을 계속해도 답을 찾을 수 없습니다. 슬럼프라고 할까요. 이번에는 좀 긴 시간이 될 것 같습니다. 늘 그래 왔듯이 정답을 찾겠지만 말입니다.

답답한 마음을 추스르기 위해 병원에 다녀왔습니다. 문 앞에서 여러 차례 고민을 하고 들어갔습니다. 스스로 잡을 수 있다고 생각했거든요. 이미 경험해봤기 때문에 대처 방법을 알고 있다고 생각했습니다. 심연의 끝으로 천천히 가라앉는 기분을 다시 느끼고 싶지 않았습니다. 이번에는 빠르게 도움을 받아야겠다는 생각에 찾아왔습니다.

한참을 고민하고 들어갔습니다. 상담을 하는 순간 눈물이 맺혔습니다. 선생님은 나를 꽤 뚫어 보고 있습니다. 발가벗겨진 기분이 들었습니다.

"울고 싶어요?"

그렇다고 말했습니다.

과거의 나와 자꾸 비교하며 살기 때문이라고 말씀하시더라고요. 마음대로 되지 않으니 끝없이 답답하고 우울해진다고 합니다. 얼마나 잘했었다고 그런 생각에 사로잡힐까요. 참 웃깁니다. 마음대로 되는 삶은 없는데 건방지고 이기적인 생각이네요. 지금 내 삶에 있는 사랑하는 사람들은 아무 문제가 없다고 이야기했습니다. 오롯이 저 스스로의 문제라며 이야기했습니다.

선생님은 안다고, 맞다고 하시더군요. 몇 년 전 겪었던 공황장애의 연장선이라고 합니다. 완치되었다고 생각했는데 아직 남아있던 잔여물에 불이 붙기 시작한 것입니다. 완전히 소멸한 줄 알았던 병이 다시 꿈틀 거리네요. 얼른 짓밟아 파괴하고 싶은데 방법을 모르겠습니다. 어떻게 해야 좋을까요. 저기요, 이번에 정말 답을 모르겠습니다. 저기요, 결국 답을 찾겠죠? 이런 게 성장통인가요. 그러기엔 어린 나이가 아닌데 말이죠.

傍白 (방백)
무대 위의 배우가 관객들에게 말하는 대사

이것을 무엇이라 말할 수 있을까

늪에 빠졌다. 할 수 있는 것이 없었다. 턱 밑까지 차오른 늪에서 코와 입만 삐쭉 내민 채 살려달라고 소리만 치고 있었으며 이 물질은 계속해서 내 몸을 긁어댔다.

지나가던 사람이 나를 보았다. 내게 손을 내밀었다. 나는 그 손을 잡을 수 없었다. 또 다른 누군가의 손이 나를 향했고 그 손 역시 잡을 수 없었다. 얼굴의 반이 잠기며 나는 미친 듯이 발버둥 쳤다.

그렇게 얼마나 허우적거렸을까. 다시 정신을 차린 순간 나는 놀랐다. 나를 집어삼킬 것 같았던 늪의 바닥에 발바닥이 닿는 것을 느낄 수 있었고 나는 온 힘을 다해 천천히 앞으로 발을 내디뎠다. 수 천 번의 허우적거림과 함께 침묵의 시간이 지속되었고 이 물질은 그 순간에도 계속해서 나를 긁어댔다.

고개를 들어 하늘을 보았다. 늪에서 천천히 빠져나오기 시작했다. 겨우 빠져나올 때쯤 하늘을 보니 눈앞에 유성우가 떨어지고 있었다. 허탈한 웃음만 나왔다. 바라본 늪은 깊지도 않았고 나에게 아무것도 아니었다. 허탈하고 허무했다. 공허함이 가득했다. 소리 없는 울음만 끊임없이 토했다.

늪은 상처이고 또 지옥이며 분노, 실망, 아픔, 어둠, 가시, 고통, 쓰라림 상처 또 지옥이었지만 결국 아무것도 아니었다.

허탈한 웃음만 나왔다.

나를 향한 쓴 소리

조금 더 솔직해져 보자고 이야기했다. 무엇이 나를 나약하게 만들었는지에 대한 물음에 대답을 했다. 답을 하기에는 긴 시간이 필요했다.

모든 고통과 나약함의 이유는 이기적이게도 나를 나약하게 만드는 원인을 나에게 찾지 않고 타인에게 찾을 때 한없이 이기적인 존재가 된다는 사실을 알 수 있었다.

상처가 된 타인의 관심이 내 고통과 나약함의 시작이라 생각했지만 이러한 이유가 원인이라고 믿어왔던 내게 솔직해진 순간, 이 모든 고통의 원흉은 '나'라는 사실을 깨달았다.

나 역시 타인에게 하나의 고통이 될 수도 있다는 사실을 인정하게 되었으며 깨달은 순간 변화하기 시작했고 원망이라는 단어를 멀리하기 시작했다. 그때 비로소 더 강해질 수 있었으며 쉽게 나약해지지 않는 방법을 알 수 있었다.

내가 할 수 있는 사람이라는 상상이 현실이 될 수 있다는 사실을 알았고 나는 더 이상 나약한 사람이 되지 않을 자신이 생겼다.

나를 슬프게 만드는 것

공허함을 채워줄 무엇이 존재하기 때문에 공허함이 존재하나 보다.

때로는 슬픔이라는 감정보다 공허함이 나를 더 아프게 한다.

외로움이 천천히 자리 잡았으면 좋겠습니다

오랜만에 TV를 보던 중에 한 채널에서 두 아이가 나왔다. 우리 엄마와 나이 차이가 얼마 나지 않는 할머니가 유치원생의 두 손주를 키우는 이야기였다. 7살의 아이는 어리지만 똑똑했으며 책임감을 가진 아이였다. 하지만 동시에 상처가 가득한 아이였다. 유치원이 끝나고 아이들을 데리러 오는 할머니께서 평소보다 좀 늦으셨고 아이는 동생과 멀리 떨어져 중얼거리고 있었다.

외롭다는 말을 하다 눈물을 훌쩍인다. 그 모습을 보던 PD는 "외로운 게 뭔지 알아요?" 물었고 아이는 "외로운 건 저 혼자 남는 거예요."라고 이야기했다.

좋은 감정만 느껴도 모자를 아이가 외로움이라는 감정을 저렇게 느끼고 있다는 사실이 안타까웠다. 행복으로 가득해야 할 아이에게 외로움이라는 감정을 만들고 떠난 부모는 너무 이기적이고 잔인한 사람들이라는 생각이 들었다.

TV 속에 이런 많은 이야기들은 아픔에 아픔을 더한다. 할머니는 몇 년 전 교통사고로 몸이 불편하셨고 그 몸으로 일을 하며 두 아이를 키우고 있었다. 아이들은 그런 할머니의 약을 챙겨주며 사랑한다고 애정 담긴 말을 계속한다. 아이들이 사랑이라는 감정을 알고 있어 다행이지만 외로움이라는 감정을 너무 일찍 알아버렸다는 사실이 마음이 아팠고, 나는 해줄 수 있는 게 없었다.

나는 사랑이란 감정을 먼저 알았고 외로움이라는 감정을 청소년기에 알았다. 그때 시작된 외로움이라는 감정의 크기가 작았다 해도 나에게는 벅찬 감정이었다. 대처 방법도 몰랐을 뿐더러 시간이 지날수록 그 외로움의 크기는 점점 커져만 갔다.

고칠 수 없는 병과 같은 외로움은 평생을 고칠 수 없는 감정으로 내 몸에 착 달라붙어 있다. 그리곤 때때로 찾아오는 외로움은 나를 시들고 병들게 한다. 나는 이런 감정을 조절할 수 있는 내가 돼서야 외로움에서 빠져나오는 방법을 알았다.

그런 감정이 어린아이에게 벌써 자리 잡았다는 아이의 현실을 믿고 싶지 않았으며 우리가 알지 못하는 이런 아이들이 가득할 거라 생각한다. 순수함 속에 외로움이 자리 잡은 아이들이 성장하면서 아픔이 덜 하였으면 좋겠다.

조금 일찍 외로움이 자리 잡았어도 커지는 시간이 남들과 다르게 조금은 천천히 자랐으면 좋겠다. 너무 일찍 커지지 않았으면 좋겠고 이들의 삶에 상처가 덜했으면 좋겠다. 해줄 수 있는 일이 하나도 없는 사람이 외로움이 일찍 자리 잡은 아이들에게.

홀로 남은 시간을 두려워하지 않는 방법

어쩌면 혼자의 시간을 가장 두려워한다. 혼자의 시간이 어렵고 두려운 이유는 나 자신을 잃을까 봐 덜컥 겁이 나기 때문이다. 그렇게 나를 잃는 것이 무섭고 홀로 남게 되면 분명 괴로울 테니까.

사람과 사람을 이어주는 보이지 않는 연결선이 존재한다. 여기에 가족이 함께하고 내 옆을 지켜주는 친구들이 있다. 혼자의 시간을 피하기 위해 선택한 방법은 혼신의 힘을 다해 나를 만들어 줄 관계를 지켜내는 것이다. 시간과 마음을 사용하며 나의 희생까지 감수하며 말이다.

이 모든 원천은 외로움이라는 단어에서 시작된다. 사실, 가장 먼저 해야 하는 것은 외로움이라는 단어를 스스로 이길 수 있는 힘을 키우는 것인데.

새벽 4시23분

불안정한 자아가 휘몰아치며 만들어지고 있을 무렵 내게서 밝음이라는 단어보다 어두운 단어가 더 가득하게 덧칠해있을 무렵 완전하지 못한 환경이라고 이기적이게 생각했던 사춘기 시절에 나는 불안정한 자아로 휘감긴 어린아이였다. 어릴 때부터 유난을 떨었던 그 감정 기복은 대학을 졸업하고서야 컨트롤할 수 있었다.

그날도 기복의 순간이었다. 며칠을 나쁜 생각과 불안한 감정에 잡혀있었으며 죽고 싶다는 생각을 하루에 몇 번씩 반복했다. 왜 그런 마음이 들었는지 정확히 이유는 기억나지 않는다. 나는 혼자 끙끙 앓았으며 숨죽이고 있었을 뿐이다. 그 당시 나를 구제

해 준 것은 누구도 아닌 지독한 장마와 겁 많은 나였다.

그날 새벽 4시 23분. 여전히 기억에 남아있다. 17층 베란다 창문 앞에서 비를 맞고 있던 나였다. 분명히 방에서 자고 있었는데 왜 그 앞에 있었을까. 죽고 싶다는 생각이 가득했기 때문에 내 몸이 그리로 옮겨진 것일까 아니면 스스로 찾아간 것일까. 나는 알 수 없었다. 나는 그 자리에 주저앉았고 이 현실이 매우 당황스러웠고 무서웠다. 믿을 수 없었으며 처음으로 공포라는 감정에 극한으로 차올랐다. 그 새벽을 흐느끼며 보냈으며 뜬 눈으로 잠을 잤다. 그 시간을 홀로 감싸 안았으며 스스로 이기기 위해 노력했고 하루라도 새벽의 잔상을 지우려고 했다. 무엇을 했는지 기억은 없다. 죽고 싶다는 생각을 했었지만 그 시간을 느껴보니 죽고 싶지 않다는 생각이 내 머릿속을 가득 채웠다. 그렇게 하루하루를 보내었고 열다섯의 나는 시간이 지남에 따라 제 숨을 쉴 수 있었다.

그 이후로 나는 죽고 싶다는 생각을 죽이고 살았다. 꾹꾹 눌러서 다시 찾아오지 못하게. 성인이 되어 여러 시간들을 지내며 이따금 찾아온 고통의 시간들을 보내면서 죽고 싶은 적이 몇 번 있었지만, 그날 덕분일까. 잘 버티며 살아왔다. 나만 알고 있던 이야기는 시간이 지나 부족한 어른이 되어 이렇게 기억한다.

친구도 나의 부모도 동생도 알지 못했던 내가 죽인 열다섯 그

날의 기억은 장마에 갇힌 내 모습으로 남아있다. 그때의 기묘한 일은 여전히 이유를 알 수 없지만 참 다행이다.

그날 거기서 주저앉아서.

1994년생 강정무를 죽이지 마세요!

수없이 보내주었던 시간을 쉽고 단순하게 죽이지 않았으면 합니다. 내 노력의 시간 상처의 시간 그리고 기쁨의 시간 모두 쉽게 보낸 시간이 아니었다고 건네겠습니다. 두 다리로 이 땅 위에 굳건하게 버틸 수 있는 가장 큰 이유는 지난날 떠나보낸 시간부터 오늘까지의 시간이 있기 때문입니다. 그 시간이 지금의 나를 살아있게 하며 굳건하게 버틸 수 있게 합니다.

그 시간들은 비옥한 땅 위에 거름이 되어주었습니다. 아! 하며 보냈던 시간은 제가 되었습니다. 상처를 탈출한 하조대의 첫 만남을 여전히 기억합니다. 몇 년의 글 속에서도 자주 등장했습니다. 그만큼 사랑이 가득한 장소입니다. 앞으로의 상처를 마주하기 위해서 먼저 하조대를 찾았다고 볼 수 있네요.

이곳은 극심한 우울도 환희와 감격으로 색칠합니다. '보통적인 날들도 환희와 감격으로 색칠돼 있다면 더할 나위 없이 만족하겠는데.' 하며 혼자 속삭입니다.

하조대 등대에서 바라본 바다는 그 끝에 자로 잰 듯한 수평선이 존재합니다. 잡을 수도 도달할 수도 없습니다. 생각해보니 환희와 감격이 그런 친구들이더군요. 항상 잡고만 있을 수 없더라고요. 선택의 감당은 내 몫이고 어느 정도 상상했던 순간입니다. 그러니 쉽게 죽이지 마세요. 부탁드립니다.

그래도 싫다고 하시면 어쩔 수 없네요.

그냥 지금처럼 버티는 거지요 뭐.

역겨운 싸움

5년이라는 시간을 콩쿠르라는 이유로 정신적 고통의 시간을 보냈다. 남자무용수들에게 군대라는 문제는 항상 크게 느껴진다. 나와 그들은 병역 혜택을 위해 알 수 없는 결과를 기대하며 일 년의 시간을 콩쿠르에 매달린다. 어린 나이에 병역 혜택을 받은 사람들도 있고 늦은 나이에 병역 혜택을 받은 사람들도 있다.

실력과 운이 따라줘야 한다. 아무리 실력이 좋아도 결국 군대에 가는 사람도 있고 운이 좋았다며 많은 입방아에 오르며 혜택을 받은 사람도 있다. 하지만 운도 실력이라고 생각한다. 그들의 노력은 절대 누구도 폄훼할 수 없다. 무대 위 짧은 순간을 위해 노력한 시간을 알기 때문이다. 가장 어렵고 힘든 싸움은 자신과의 싸움이라고 생각한다. 매 순간 한계를 넘어야 하고 자신의 몸 그리고 정신력 이 모든 것을 싸워 이겨야 하기 때문이다. 무대 위에서 5분 정도의 작품을 위해 몇 날 며칠을 연습했던가. 근육통을 달고 살며 알 수 없는 결과를 위한 불안감까지 달고 살아야 한다. 항상 최상의 상태가 되지 못하는 몸과 정신력을 버티며 그렇게 일 년의 시간을 보낸다.

순간으로 정해지는 '잔인하고 처절한 싸움' 내가 마지막 콩쿠르를 끝내며 느꼈던 정답이랄까. 최종 무대에서 작품이 끝나며 퇴장과 동시에 펑펑 울었다. 로비로 올라가는 계단에 주저앉아 서럽게 울었다. 분장이 다 지워지고 힘이 다 빠질 정도로 울었다. 눈물이 멈추지 않았다. 극도의 신체적 정신적 피로감과 스트레스가 최고치의 상태로 올라있었다. 무대가 끝나고 한순간에 무기력해지며 "끝났다."라는 말만 반복했다.

이날을 위해 준비했던 일 년이 드디어 끝났다는 마음이 전부였다. 울고 있는 나를 보며 교수님은 왜 우느냐고 물으셨고 나는 "끝나서요."라는 한마디밖에 할 수 없었다.

5년이 걸렸다. 항상 치열했다. 마지막이라고 생각하며 준비한 일 년이 그만큼 좋은 결과를 얻지 못했어도 만족할 수 있었던 콩쿠르였다. 더 이상 콩쿠르라는 압박에 견딜 수 없었다. 또 이 시간을 보내고 싶지 않았고 나를 그렇게 만들고 싶지 않았다.

당시에 나는 몇몇 형들이 늦은 나이에 병역 혜택을 받았을 때 너무 존경스러웠다. 그들이 병역 혜택을 받았다는 사실에 대한 존경스러움이 아니라 그 시간을 견디며 콩쿠르를 준비했다는 사실에 대한 존경스러움이다.

역겹고 힘든 외로운 싸움은 병역 혜택을 받기 위해 콩쿠르를 준비한 사람들만이 알 수 있는 기분이다. 결과는 좋지 못했지만, 선생님은 내게 하반기에 있는 콩쿠르를 권유했다. 나는 거절했고 그로 인해 5년 만에 자유로워질 수 있었다. 어떤 미련도 없이 그해 11월 입대를 했다. 군 생활을 하다 보니 이렇게 견딜 수 있는 생활을 왜 그렇게 피하려고 했을까라는 생각이 들었다. 좀 더 일찍 올 걸이라는 생각이 대부분이었다.

5년이란 시간이 아깝지 않다. 역겹고 외로운 싸움을 경험했고 그 경험을 통해 자신과의 싸움에 이길 수 있는 사람이라는 것을 알았으니 말이다. 그때 극한으로 치달았던 신체와 정신적 피로감은 지금은 느낄 수 없다. 내게서 모두 소진되었기 때문이다.

콩쿠르로 인한 역겹고 외로웠던 싸움은 모두 소진되었지만 아마 또 다른 역겹고 외로운 싸움이 찾아올 것 같다. 이 또한 이겨봐야지. 난 이겨낼 수 있으니까.

잃어가는 이름

소유하던 이름을 잃어가는 중, 더는 혀끝에서 찾을 수 없었다. 야속하게도 우리의 시간은 이렇게 되었다. 찾을 수 없으며 뱉을 수 없는 이름이 되어버렸고 그렇게 소유하던 이름을 잃어 버렸다.

소유하던 이름을 잊고 지낸다.

여름밤 벌레들과 바람이 소리를 내고 있다.

소유하던 이름은 아닌듯하다.

더 이상 찾을 수 없고 더 이상 소유할 수 없다.

그렇게 오늘도 소유하던 이름을 잃어간다.

도쿄 이야기

동생들과 커피를 마시고 있던 도쿄의 밤. 그들은 내게 질문을 했다.

"오빠 저희는 지금 무엇을 해야 할까요?"

"뭐가?" 갑작스러운 질문에 당황했다.

어린 동생들에게 어떤 대답을 해야 하나 짧은 순간 동안 많은 생각을 했다.

"오빠는 26살이고 저희 나이인 22살을 살아봤잖아요. 그때를 기억해 보고 저희가 지금 뭘 해야 할지 조언해 주세요."

어떤 답을 해야 하나. 내 말이 답은 아니겠지만 그래도 할 수 있는 만큼 내 생각을 이야기해 줘야겠다 싶어 말문을 열었다.

"혼자 여행을 다녔으면 좋겠어. 서울에 살지만 서울 사람들은 서울을 다 알지 못하거든 서울이라도 혼자서 돌아보고 바다를 가든 산을 가든 여행을 하면 너희에게 좋은 시간이 될 거 같아. 나는 그러지 못했어."

나는 때때로 이번이 아니면 못 가!하고 간 여행이 많았지만 기본적인 생활에 있어 여행이 부족했던 20대 초반을 보냈다.(큰 준비를 하지 않는 여행) 근교 여행을 더 다녀 볼 걸 후회가 된다. 시간이 지나 생각해보니, 더 많은 여행을 가지 못했던 어린 내가 안타까운 기분이 들었다.

그리고 하고 싶은 말과 자기표현을 당당하게 하라고 했다. 스무 살 때부터 학교와 사회생활에서 왜 내가 하고 싶은 말을 못 하고, 왜 그렇게 쩔쩔매면서 내 주장을 당당하게 말하지 못했을까, 라는 생각을 많이 했다.

시간이 지나며 이제는 내가 하고 싶은 말과 행동을 하고 굳이 유지하지 않아도 되는 관계를 정리하게 만든 건 군대에 있었던 2년의 시간이었다.

"하고 싶은 말은 해야 해. 그러지 않으면 병이 돼."

내가 뭐라고 동생들에게 조언을 했지만, 이들의 질문에 답을 하며 나 또한 두 가지에 대해 다시 생각하게 되었다.

도쿄의 할머니

일주일의 시간을 도쿄에서 보냈다. 도쿄의 확실한 여름을 느끼지 못한 5월이었지만 초여름의 분위기는 충분히 느낄 수 있는 날씨였다. 동생이 살고 있으며, 친할머니가 살고 있는 나라. 나와 아주 가깝게 연결되어 있는 나라. 도쿄에서의 시간은 남은 여름을 행복하게 보낼 수 있는 이유가 되었다.

여러 추억이 있었지만 할머니와 손주들이 함께 보낸 시간이 가장 뜻 깊고 기억에 남는다. 할머니를 따라 들어간 초밥집은 나와 동생이 시부야에서 먹은 싸구려 회전 초밥집과는 다르게 맛있는 초밥집이었다. 물론 가격은 착하지 않았지만 그래도 할머니가 사주셔서 더욱 맛있게 먹었다.

사실, 초밥은 내 돈 주고 먹는 초밥보다 남이 사주는 초밥이 더 맛있다. (엄마랑 외식을 나갈 때면 자주 초밥을 이야기했다.)

할머니는 나를 보면 항상 하시는 말이 있다. 나의 이야기도 동생의 이야기도 할머니 본인의 이야기도 아니다. 몇 년째 항상 하시는 말씀은 엄마와 아빠의 재결합을 위한 방법에 대한 이야기다. 그리고 너희가 잘 성장해서 엄마에게 고맙다고 말씀하신다. 이제 어른이 되었으니 너희가 잘하면 부모님이 다시 합칠 수 있지 않을까 이런저런 이야기들을 하신다.

당연히 할머니가 이런 이야기를 하실 줄 알았다.

항상 "그래야죠. 그랬으며 좋겠어요." 라는 말로 순간을 정리하고는 했지만 이번 여행에서 나는 그러지 못했다.

나의 부모가 이제는 같은 공간에서 살 수 없다는 사실을 알고 있기 때문이다. 엄마를 존중하고 아빠를 존중하기 때문에 그들의 삶을 이해하기 시작한 순간부터 나는 더 이상 할머니가 원하는 대답을 할 수 없었다. 이 이야기가 나왔을 때 할머니에게 잔인하고 마음이 상할 수 있는 말을 할 수 있었지만 사실, 할머니도 나와 같은 생각을 하지 않았을까.

가족이라는 집합체가 해체되어 살아온 지 어언 20년이 지났다. 나는 20년의 세월을 행복하게 살아왔고 아빠의 부재는 내게 그다지 큰 상처로 남지 않았기에 빈자리를 크게 느끼지 않고 살아왔다.

"할머니 더 이상 저는 그럴 수 없다고 생각해요. 이제는 엄마도 아빠도 본인들 인생을 살아야 하지 않을까요."

짧은 침묵이 이어지며 할머니와 손자의 대화는 그렇게 끝났다. 마치 옛날 개그 프로그램에서 "밥 묵자" 이런 느낌으로 어색하지 않게 다른 대화로 이어갈 수 있었다. 그해 도쿄에서 할머니와 나는 20년의 세월 동안 이어온 그녀의 아들과 며느리라는 집합체를 끝내시지 않았을까 하는 생각이 든다. 손자와 손녀가 성장해온 시간을 이해하셨을 지도 모른다.

중요한 사실은 나에게 할머니의 존재는 부모의 관계와 상관없이 여전히 장난을 치며 농담도 할 수 있고 세상에 하나밖에 존재하지 않는 사랑하는 나의 또 다른 할머니라는 것이다.

엄마를 생각했는데

그런 말이 있다. 선타투 후뚜맞(먼저 타투를 한 후에 뚜들겨 맞는다).

오랜만에 안산으로 내려가 엄마랑 동생이랑 셋이 소파에 앉아 TV를 보고 있었다.

얼마전 나는 엄마를 생각하고 엄마를 존경하는 마음에 유대인 속담 중 어머니에 대한 글귀를 몸에 새겼다. 나름 엄마를 위한 글을 몸에 낙서했으니 혼날 줄 상상도 못 했었다. 그리고 오늘 이제는 말해야겠다 싶어 천천히 말을 꺼냈다.

“엄마 할 말이 있어.”

한순간 TV를 보던 엄마의 표정은 굳었고 몸은 나를 향했다.

"뭔데."

순간 긴장했다.

내 말에 아들놈이 심상치 않은 이야기를 하겠다는 엄마의 뉘앙스였다. 그래도 말해야 하니….

"엄마를 생각하며 손목에 타투를 했어 사실은 친구가 타투를 하는데 연습할 겸 공짜로 해줘서 엄마를 위한 글을 했는데 여기…."

하는 순간 엄마는 분노했다.

"네가 엄마를 생각했으면 하지 말았어야지."

맞다. 엄마의 말이 맞다. 부모님 말씀은 틀린 게 없다고 하는 말을 여기서 깨달았다.(하지만 시간이 지난 후에 느낀 건 부모님 말이 항상 옳은 것은 아니었음!)

발목에 작은 타투가 하나 더 있다. 이것은 비밀로 해야겠다. 하는 순간 동생이 옆에서 "엄마 오빠 다리에도 있어."라고 했고 나는 시트콤의 한 장면처럼 엄마 뒤쪽에 있는 동생을 째려봤다. 정말 얄미워 죽는 줄 알았다. 하지만 어쩌겠나, 그렇게 나는 3개월 동안 용돈이 끊겼다.

다행히도 21살의 나는 돈을 벌고 있었기 때문에 용돈이 없이

도 살 수 있었다. 하지만 3개월이 고비였다. 나는 엄마에게 전화해서 죄송하다며 용돈을 다시 보내달라고 애원했다. 어린 아들을 위한 용돈은 다시 들어왔으며 엄마의 분노는 조금은 사그라졌다. 뚜들겨 맞지는 않아서 다행이다. 통장에 찍힌 용돈을 보니 다행이야….

"네가 엄마를 생각했으면 하지 말았어야지."

네, 그런 것 같아요. 근데 가끔 또 하고 싶어요. 엄마.

스무 살의 고민상담

초원에 버려진 아기사슴과 같았어요. 스무 살이란 어떠한 상황에도 살아남는 법을 알아야 하는 걸까요. 예민한 성격 때문일까요. 저는 모든 게 어려웠습니다. 당시 느꼈던 고민을 꺼낼 사람이 형밖에 없었는데 기억하실까요.

아마도 2012년 여름쯤 전화했죠. 술 마시며 대화하고 싶다고. 근데 형이 그랬잖아요. 술 먹고 말하지 말고 커피 한잔하며 대화하자고. 제정신일 때 말하는 게 좋다며 내게 말씀하셨죠.

사실, 술의 힘없이 이야기하기 어려웠습니다. 부끄럽기도 했고요. 이 고민이 내 예민함에서 나타나는 것인지 참 어려웠거든요. 스무 살을 이미 경험해본 형은 정답을 알고 있을까 해서 말입니다.

당장 고민을 털어낼 수 있는 사람이 형이라는 사실이 너무 기뻤습니다. 깊은 고민이 나를 힘들게 하고 나를 갉아먹는다고 이야기했어요. 그때 그러셨어요.

"야, 시간 지나면 지금의 고민은 고민도 아니고 웃으면서 그때 왜 그랬지 할 거야."

결국 그 고민이 어떻게 풀어졌는지 기억도 나지 않습니다. 하지만 확실한 사실은 이미 스물의 시간을 보내준 형의 조언은 정확하더라고요. 시간이 지나니 정말 그때 왜 그랬지라는 생각이 가득했습니다. 부끄러워서 볼이 빨개지기도 했죠. 절망 속에 살아왔던 시간도 결국 시간이 해결해 주더군요. 그리고 또 시간이 흘러 여기까지 왔습니다.

이제는 묻지 않으려고요. 요즘은 스스로 답을 찾으려 합니다. 벌써 이십대의 반을 보냈으니까요. 이제는 스스로 잘해볼게요.

상처는 흡입해야해

흐르는 강 위로 넘치는 괴로움은 무거운 짐이 되어 나의 어깨를 짓누르네.

가끔 저 강에 빠져 잠겨 가라앉고 싶은 생각이 뒤덮을 때 지금의 괴로움이 저 강 속에서의 괴로움보다 덜할까 생각하기도 한다.

이런 생각이 가득 찬 머릿속을 비워 버린 후에는 뛰어내리지 못한 걸 후회할까. 어떤 이는 뛰어내리지 못한 나를 보며 아쉬움 가득할까. 아니라면 그 사람은 간절히 소망했을까.

내 괴로움과 저 강의 괴로움이 만나길

역겨운 순환과 반복
그럼에도 계속해서 하는 것

끝내 우리를 맞이하는 것은 궁핍과 손에 쥐고 있던 것을 잃어버린 공허함의 사무침이다. 그렇게 우리는 아파하며 슬퍼하고 결국 마무리라는 종착역에 도착한다.

애석하다. 결국 사람들은 순환하며 그렇게 바보 같은 반복을 다시 시작한다. 이것은 중독일까. 인간은 생의 기계처럼 반복해야 하는 어쩔 수 없는 동물인가. 어리석게도 다시 사람을 잃는 사랑을 하게 된다.

뻔뻔한 사람들에게

어떤 누구도 나쁜 사람이 되고 싶지 않습니다. 싫은 사람이 되고 싶지도 않고요. 우리는 사랑받을 자격 있는 사람들입니다. 동시에 모두에게 사랑받을 수 없는 사람들입니다. 더 이상 갈구하지 않습니다. 사랑을 갈구하는 내 모습이 역겨워 토악질과 눈물을 흘렸습니다.

인간 본연의 사랑이란 감정을 거부하며 증오에 증오를 더 했습니다. 추악해진 자신을 보며 감정의 상실에 흐느꼈으며 상처의 시간을 통해 모든 사람을 사랑하지 않겠다고 채찍질하며 가혹한 시간의 감옥을 끝냈습니다.

상실의 시간을 탈피하고 재탄생의 순간에 저는 깨달았습니다. 더 이상 모두를 사랑하지 않는 사람이 되겠다고. 탈피의 시간을 보내며 내 삶은 윤택해지고 은혜 가득했습니다.

"구태여 사랑하지 않는 나를 찾았다."

내가 바라보는 사람에게 마땅히 줄 수 있는 조언이나 말 따위 이제는 필요 없을 듯합니다. 내가 겪은 고통의 시간이 찾아왔으면 좋겠다 말합니다. 그 사람들은 그럼에도 불구하고 뻔뻔스럽게 살아갈 사람들이니까.

후회라는 질문

누군가 내게 후회해? 이런 말을 할 때면 나는 항상 인간이니까 후회하는 것이라는 말을 한다. 나 역시 후회로 가득한 삶을 살아가고 있다. 대량의 자책과 후회를 실어 나르는 운전자와 같기도 하다.

만약 내게 가장 후회했던 시간이 언제쯤이냐 묻는다면 나는 아직 없다고 이야기할 것이다. 너무 후회 막심하여 나를 갉아먹었다면 지금 또 후회해! 하겠지만 순간의 후회들은 나에게 깊이 박히지 않았기 때문인 것 같다.

아직은 그런 후회가 없는 게 다행인 건지 아니면 깊은 후회를 했지만 성격 탓에 자각을 못 하는 것인지 의문이 들기도 한다. 다시 생각해 봐도 없다. 가장 큰 후회는 없지만 앞으로 많은 후회를 하며 살 것이다. 언젠가 가장 큰 후회를 하는 날이 오겠지.

후회를 반복하지 않기 위해 조심할 것이고 후회하는 삶을 살지 않도록 노력할 것이다. 후회라는 단어를 생각해보니 오늘 점심에 돈까스를 못 먹어 후회한다.

내일은 금요일이니 돈까스를 먹을 것이다.

안전보다 가치 있는 것은 솔직함이다

어느 때보다 진심 가득한 나의 마음을 전달하기는 너무 어렵다. 익숙한 감정이지만 항상 어렵기는 매한가지다. 마음이 점점 커지다 보니 나는 안전한 말로 안심시키려 한다. 하지만 우리의 안전을 위했던 나의 말들은 안전한 것이 아니었고 솔직하지 못한 말들이 되었다. 이 말들은 우리가 알고 있을 법한 상처와는 다른 형태로 의도치 않게 상처가 되어버렸다. 두 사람의 안전만 생각했지 결국 솔직하지 못했다.

그것은 차가운 온도의 시간을 만들었다. 이만큼 사랑하는 사람을 위해 안전한 말들을 내뱉는 것은 항상 옳은 방법이 아니라는 사실을 다시 깨달았다.

사랑하는 사람에게 안전한 말보다 더 가치 있는 것은 솔직한 말이다.

결국 나도 추악한 인간이더군

타인의 삶과 비교하며 살지 않겠다는 마음은 어린 나와의 약속이었다. 타인의 삶을 나와 비교하면 내게 남는 것이 없다는 사실을 알았기 때문이다.

오랜만에 동네 편의점에서 친구들과 맥주를 마셨다. 한 친구는 누가 어떤 차를 탄다. 이런 이야기를 하며 부럽다고 이야기를 한다. 그래서 그 친구가 부러우냐고 물었고 친구는 당연히 부럽지 라고 이야기했다. 네가 부러워하면 너에게 뭐가 남는데 라고 물었다. 그 친구는 그냥 부러운 거야 하는데 나는 이해할 수 없었다.

너는 너고 그 사람은 그 사람인데 네가 부러워해서 너 삶이 변하는 건 하나도 없는데 왜 감정만 소모되는 생각을 하느냐 물었지만 친구는 계속해서 부럽다는 말만 할 뿐이다.

외제차를 타서? 사업이 잘 돼서? 그의 삶은 그의 삶이고 친구의 삶은 친구의 삶인데 부러워해서 내일이 변하는 것일까. 그래, 부러워해라 하며 이야기를 마쳤다. 더는 듣고 싶지 않았다.

여기까지가 타인의 삶과 비교를 하지 않는 내 삶의 이야기다. 하지만 그렇게 말을 했던 나도 타인과 비교하며 살고 있었다. 그 모습을 발견한 나는 추악하다 생각했다. 설명이 길어지면 변명 같으니 짧게 적어야겠다.

그러니까 여전히 부모님께 손을 빌리는 나보다 나이가 많은 사람들을 보며 내가 이들보다 나은 삶을 살고 있구나 비교를 한다.

어처구니없네.

스스로를 추악하다고 생각했다.

몰라

나를 여전히 모른다. 그래도 타인보다 나를 가장 잘 알 것이다. 과거에도 몰랐지만 현재의 나도 모른다. 아마 앞으로도 완벽히 나를 모르며 살 것이다. 하지만 타인은 나를 너무 잘 안다고 착각하며 판단한다. 타인을 착각하며 판단하는 타인만이 존재한다.

내가 죽어서도 나는 나를 모를 것이다. 하지만 타인은 죽어서도 나를 잘 알았다며 판단하고 착각할 것이다.

다 알지도 못하면서.

나의 글이

지우고 싶은 고통을 담았던 글들이 어느 타인에게 좋은 글이 될 수 있다는 사실이 너무 신기했다. 이 이야기를 듣고 그 글을 쓰던 나를 찾았다. 한 마디 해보았다.

"그 글이 너무 좋다는 사람들이 있어 내 글을 좋아해 주는 사람들에게 고마운 마음 가득해."

이 기분은 뭘까 나의 고통을 팔아 타인에게 좋은 감정을 가질 수 있게 한다? 굉장히 아이러니한 감정이다.

그래도 다행이야. 그 글을 읽고 한 사람이라도 좋다고 하니. 하지만 아이러니해 아이러니

하지만 나만 그러겠느냐며 여전히 이기적이게도

착각이라는 사실을 깨달았다. 비방으로 도배했던 고통은 나만의 것이라며 이기적인 태도를 보였던 내 모습은 민망하다. 고통이라는 과거에 가득히 사로잡혀 있었다.

심연의 끝에서 찾은 방법은 혐오였고 죄 없는 타인에게 상처를 남겼으며 타인의 상처를 정당화했다. 이 방법이 잘못되었음을 깨달았을 때 나는 굉장히 이기적이고 아주 못 된 사람이라며 자괴감에 빠져들었다. 또 한 번의 만남을 끝내며 알 수 있었다. 나는 내가 받았던 고통만 생각했고 타인에게 주었던 고통은 생각도 하지 않았던 아주 이기적이고 못 된 인간이라는 것을. 몇 년간 괴롭혔던 상처는 민망함만 가득했다.

마음이 아팠다.

생각하며 사랑하지 않지만 찾아오는 이별 앞에서 결국 누군가 고통스러워야 한다는 사실이 잔인하게 느껴졌고 사랑의 끝에서 대부분의 결말은 슬픔과 아픔이 함께한다. 좋았던 순간들은 모두 잊어버린 채 가장 중요한 것은 나 자신이라고 생각했다.

너무 나만 생각해서 타인의 고통은 생각도 못 하고 내 고통만 생각했던 어리석은 사람이었다고 말하고 싶다. 참 어리석었다.

하지만 나는 나만 그러느냐는 생각이 들었다.

여전히 이기적이게도.

나는 더 자란 어른이 될 수 있겠지

대학을 다니던 그쯤이던가 하루에 몇 번씩 휘몰아치는 감정에 방향을 잡을 수 없던 시간 속에 살았다. 지금 생각해보면 과거에 그런 삶을 살지 않았나 싶다. 성인이 되고서야 느낄 수 있었던 서툰 감정들. 빠르게 지나가는 시간 앞에 즐거움 가득했던 시절과 깨끗하고 순수함 가득했던 감정들.

감정 기복이 가득했던 시간이 지나고 그때의 나를 안아줄 수 있는 사람이 되었을 때. 그때 심각했던 것들은 지금의 내게 아무 문제없는 것들이라는 생각이 들었을 때. 정답을 알 수 없는 선택의 기로 앞에 한참을 생각했어야 하는 서툴렀던 시절의 그때. 감정 기복을 감당할 수 없어 눈물을 흘려야 했던 그때. 성인이 되어

매순간들이 첫 경험이던 그때 말이다.

모든 것이 처음이고 모든 게 서툴렀던 과거의 나를 불러 안아 줄 수 있는 내가 되어 고생했고 잘했다며 이야기할 수 있는 나는 조금 성장했고 또 많은 것을 알게 되었으며 많은 사람들을 받아들이고 떠나보냈다. 이런저런 이야기로 가득한 몇 년을 지내며 덜 자란 어른이 되었다.

어른이 된 건가. 이 또한 시간이 지나고 비슷한 글을 쓰려나. 그때는 더 자란 어른이 돼 있겠지.

딥앤와이드의 한줄평

디렉터K : 글로서 풀어낸 그의 담백한 안무

디렉터S : 이렇게 나의 모든 걸 게워낸 수 있을 때 비로소 나를 안아줄 수 있는 것 같다.
우리는 그동안 얼마나 많은 것은 참으며 살아왔던가.

내가 나를 안아 줄 수 있을 때

초판 발행 | 2020년 10월 12일

글 | 강정무
그림 | 주유진

펴낸곳 | Deep&Wide
발행인 | 신하영 이현중
편집 | 김한욱 신하영 이현중
도서기획 | 김한욱 신하영 이현중

주소 | 서울특별시 마포구 성미산로1길 21 사울빌딩 302호 (03971)
이메일 | deepwidethink@naver.com
ISBN | 979-11-971049-2-3

이 도서의 국립중앙도서관 출판예정도서목록(CIP)은 서지정보유통지원시스템 (http://seoji.nl.go.kr)과 국가자료종합목록시스템(http://www.nl.go.kr/kolisnet)에서 이용하실 수 있습니다.